品读家乡·异地 同乡

《品读家乡》编写组 编著

新华出版社 | 半月谈

图书在版编目（CIP）数据

品读家乡．异地 同乡 /《品读家乡》编写组编．
北京：新华出版社，2024.7．--
ISBN 978-7-5166-7456-7
Ⅰ．I267
中国国家版本馆 CIP 数据核字第 20242F0X67 号

品读家乡：异地 同乡

编 著：《品读家乡》编写组

出 版 人：匡乐成 **出版统筹：**沈 建 王永霞 赵怀志
责任编辑：林郁郁 **封面设计：**陈 淼

出版发行：新华出版社
地 址：北京石景山区京原路 8 号 **邮 编：**100040
网 址：http://www.xinhuapub.com
经 销：新华书店、新华出版社天猫旗舰店、京东旗舰店及各大网店
购书热线：010-63077122 **中国新闻书店购书热线：**010-63072012

照 排：载道传媒
印 刷：中闻集团福州印务有限公司

成品尺寸：120mm × 185mm 1/32
印 张：5.5 **字 数：**50 千字
版 次：2024 年 8 月第一版 **印 次：**2024 年 8 月第一次印刷

书 号：ISBN 978-7-5166-7456-7
定 价：26.00 元

目录

老 街

夏坚勇

老街坐落在镇江西北隅的云台山麓。镇江有名的是金山焦山北固山，云台山名气不大。但这不要紧，老街就那么不卑不亢地坦然于南山北水之间，有如一个历尽沧桑的老人。看的事多了，也就把一切看得很淡。“唐宋元明清，从古看到今。”前几年，一位很有点名气的文化人来这里走了一遭，说了这么两句话。他究竟说的是人看街，还是街看人呢？搞不大清楚，大概都有那么点意思吧，因为老街确实是很老了。

老街的名字叫西津渡街。西津渡自然是江

边的渡口，又叫金陵津渡，和扬州的瓜洲渡隔江相望。这一说人们便不由得肃然起敬了，因为就在这隔江相望中，曾“望”出了不少传之千古的好诗。例如唐代诗人张祜的这一首《金陵渡》：

金陵津渡小山楼，
一宿行人自可愁。
潮落夜江斜月里，
两三星火是瓜洲。

张祜（hù）是很有才气的，他写得最漂亮的几首诗似乎都与镇江有关。在附近不远的金山寺，他曾吟出了“树色中流见，钟声两岸闻”的名句。这首《金陵渡》写得凄清冷丽，几乎无可匹敌。当时他住在渡口一个叫小山楼的旅馆里，遥望江北，牵挂着明天能不能过江，或许还想到了其他一些不开心的事，不然又“愁”从何来呢?

张祜住过的小山楼现在已无可寻觅，但古渡口的石阶犹在，只是上面已不见水渍和苔痕。岁月早已把大江的风涛留在深深的淤泥下，留在唐诗宋词的幽怨和叹息中。一个石阶上没有水渍和苔痕的所在还能叫渡口吗？它只能叫遗址——一个定格在地方志上和老人们传说深处的褪色的遗址。沿着石阶一级级走上去，脚步的回声凝重而悠远，如同踩着一段依稀的残梦。好在上面还有一座待渡亭，那么就小憩片刻吧。

走进待渡亭，摩挲着清代画家周镐的汉白玉石刻《西津古渡图》，我突然有一种朦朦胧胧的亲切感，仿佛故地重游，一切都似曾相识。难道说，我上辈子曾来过这里，对这里早已熟门熟路？或者说，在我们每个人的心底，其实都潜藏着一份“待渡情结”?

我想到了中国古典诗词和传统戏曲中的长亭，想到了朔风羌笛中的阳关和长安郊外的灞桥。但与之相比，这里的待渡亭似乎有着更为峻厉的生命体验和更为舒展的审美空间。因为前者只是单向的送别，执手相看泪眼，竟无语凝噎，该说的话已经说过了，于是劝君更尽一杯酒，挥挥手飘然上路。而后者就不那么简单了，旅人面对的是滔滔大江。在那个时代，旅人能不能上路，什么时候上路都是不确定因素，因此便有了待渡的焦虑、期盼、惆怅和想象。这时候，天空中的一缕浮云，江面上的一片白帆，或何处飞来的几许笛声，都会触动他们敏感的诗心。心旌摇动，览物伤情，一出口便是好诗。相反，若一切都那么顺畅舒坦，没有了人与自然的对峙和望穿秋水的等待，生命体验难免浮泛，诗也随之走向平庸。当然，这时候的诗大抵不会有什么惊天豪语，却一句句都是从心灵深处流出来的。且看王昌龄的这一首：

寒雨连江夜入吴，

平明送客楚山孤。
洛阳亲友如相问，
一片冰心在玉壶。

写得何等真挚朴实。大概渡船已经泊在岸边，艄公正在解缆催促，只能这样叮嘱几句了。但就是这洗尽铅华的寥寥数句，却胜过了多少浮皮潦草的应景之作！

这是送行者的心情。

那么旅人呢？他上了船，却把心思留在岸边。风涛一路，青衫飘然，那沾衣欲湿的也不知是浪沫还是泪水。到了对岸，仍禁不住要回望江南。江南，却只有青山满目，那座他和友人盘桓待渡的小亭子已看不到了，放达中便有了几分惆怅："春风又绿江南岸，明月何时照我还。"（王安石《泊船瓜洲》）那种一步三回头的依恋可以想见。

西津古渡见惯了太多的送往迎来，也收拾

了卷册琳琅的绝妙好词。渡口的石阶上熙来攘往，李白、张祜、杜牧、刘禹锡、骆宾王走过去了；苏东坡、王安石、辛弃疾、陆游、米芾走过去了……

公元13世纪末期，一个意大利人踏着这里的石阶走上来，他叫马可·波罗。

马可·波罗已经在中国游历了不少地方，甚至还做过一段时间的地方官，算得上是中国通了。后来他在震惊世界的《马可·波罗游记》中这样介绍镇江："他们靠经营工商业谋生，广有财富……"

这位洋人来自地中海畔的水城威尼斯，那里是欧洲商业文化的摇篮，他是以一个商人的目光来审视镇江的，话也说得不错。当然，这中间似乎少了点历史的诗情。

走出待渡亭，踏着青石板向老街的深处走去，两旁多半是雕花窗棂的两层楼房，很有些古意。当年的那些茶楼酒肆、店铺馆栈犹依稀在目。这里地处大江南北的交通要津，近靠闻名遐迩的金山古寺，商旅繁荣带来了百业兴旺，这是历史上镇江经济的底气所在。若踅进两旁的小巷，那吉安里、吉瑞里、长安里、南星巷的名称就刻在里弄口古老的砖石上，也不知是哪朝哪代的遗物。里弄两边延伸着民宅，有两进式、三进式，宁静而雅致。里弄间的寻常生态往往是一座城市的精神栖息地，这里横可通四邻；竖可通街面，前可登云台山，后可达长江边，一如镇江人的性格那般畅达平稳。多数里弄都有一方深井，几个老人坐在石井栏上，对着收音机听扬州评话，那种自足平和的生活情调实在令人心折。是的，镇江西邻南京，北望扬州，但它既没有南京那样的金陵王气、六朝金粉，也没有扬州那样歌吹入云的浮华和喧嚣。镇江是平朴而本分的，这里的人们长于经商，却又从不把金钱看得很重，每天有的是听书喝茶的时间。过年时，他们则成群结队地骑着毛驴上金山寺烧香，那与其说是对命运的祈盼，还不如说是一种休闲娱乐。当然，战争来了，他们也会义无反顾地走上城堞，弄出惊天动地的声响。至于平时爬上北固山，对着大江发忧国忧民牢骚的，那大都是些外地的游客。

但老街终于终结了，终结于那座东印度式的建筑群，那是当年的英国领事馆。1857 年第二次鸦片战争后，开镇江为商埠，老街一带沦为英租界，遂建领事馆于云台山麓。我想，英国人这样的选址大概也不会是随意所为。如果说，西津古渡是一部自足而滋润的镇江史话，那么，西方列强的坚船利炮恰恰是最后终结了这部史话。

走下英国领事馆的台阶，我突然想起元代诗人萨都刺在这里写的两句诗：

客去客来天地老，
潮生潮落古今愁。

萨都剌属于雄浑一派，诗的气象很大。西津渡街确实是“老”了，但诗人“愁”什么呢？我一时说不清楚。

起风了，远处的江涛声隐约可闻。老街在涛声中坦然静谧着，有如一个历尽沧桑的老人……

仰望长安

余秋雨

从西方史书上看，古代世界最骄傲的城市，肯定是那个曾经辉耀着雄伟的石柱和角斗场的古罗马城。但是，与它同时屹立在世界上的长安城，比它大了六倍。

公元 5 世纪，“北方蛮族”占领西罗马帝国的时间和情景，与鲜卑族占领中国北方的时间和情景，非常相似，但结果却截然相反：罗马文明被蛮力毁损，中华文明被蛮力滋养。

当长安城人口多达百万的时候，罗马的人口已不足五万。再看罗马周围的欧洲大地，当时也都弥漫着中世纪神学的阴郁。偶尔见到一簇簇光亮，那是宗教裁判所焚烧“异教徒”的火焰。

再往东边看，曾经气魄雄伟的波斯帝国已在七世纪中叶被阿拉伯势力占领，印度也在差不多时间因戒日王的去世而陷于混乱。当时世界上比较像样的城市，除了长安之外还有君士坦丁堡和巴格达。前者是联结东西方的枢纽，后者是阿拉伯帝国的中心，但与长安一比，也都小得多，两个城市加在一起还不到长安的一半。

后代中国文人一想到长安，立即就陷入了那几个不知讲了多少遍的宫廷故事。直到今天还是这样，有大批重复的电视剧、舞台剧、小说为证。这倒不是因为他们如何歆羡龙御美人，而只是因为懒。历来通行的史书上说来说去就是这几个话题，大家也就跟着走了。

以宫廷故事挤走市井实况，甚至挤走九州民生，这是中国“官本位”思维的最典型例证。

其实，唐代之为唐代，长安之为长安，固然有很多粗线条的外部标志，而最细致、最内在的信号，在寻常巷陌的笑语中，在街道男女的衣褶里。遗憾的是，这些都缺少记载。

缺少记载，不是没有记载。有一些不经意留下的片言只语，可以让我们突然想见唐代长安的一片风光，就像从一扇永远紧闭的木门中找到一丝缝隙，贴上脸去细看，也能窥得一角恍惚的园景。

你看这儿就有一丝缝隙了。一位日本僧人，叫圆仁的，来长安研习佛法，在他写的《入唐求法巡礼行记》中记载，会昌三年，也就是公元八四三年，六月二十七日夜间，长安发生了火灾：

夜三更，东市失火。烧东市曹门以西二十四行，四千四百余家。官私财物、金银绢药，总烧尽。

这寥寥三十五个汉字，包含着不少信息。首先是地点很具体，即东市曹门以西，当然不是东市的全部。其次是商铺数量很具体，即仅仅是发生在东市曹门以西的这场火灾，就烧了二十四行的四千四百余家商铺。那么，东市一共有多少行呢？据说有二百二十行，如此推算，东市的商铺总数会有多少呢？实在惊人。

既然是说到了东市，就会想到西市。与东市相比，西市更是集中了大量外国客商，比东市繁荣得多。那么，东市和西市在整个长安城中占据多大比例呢？不大。长安城占地一共八十多平方公里，东市、西市各占一平方公里而已，加在一起也只有整个长安城的四十分之一。但是，不管东市还是西市，一平方公里也实在不小了。各有一个井字形的街道格局，划分成九个商业区，万商云集，百业兴盛，肯定是当时世界上最繁荣的商业贸易中心。

由此可知，日本僧人圆仁所记述的那场大火，虽然没有见诸唐代史籍，却照见了长安城的生态一角，让人有可能推想到人类在公元九世纪最发达的文明实况。其意义，当然是远远超过了三国时期赤壁之战那场大火。赤壁之战那场大火能照见什么呢？与文明的进退、历史的步履、苍生的祸福、世界的坐标有什么关系？

东市的大火是半夜三更烧起来的。中国的房舍以砖木结构为主，比罗马的大石结构更不经烧，到第二天，大概也就烧完了。按照当时长安的公私财力和管理能力，修复应该不慢。修复期间，各地客商全都集中到西市来了。

西市一派异域情调，却又是长安的主调。饭店、酒肆很多，最吸引人的是“胡姬酒肆”，里边的服务员是美艳的中亚和西亚姑娘。罗马的艺术，拜占庭风格的建筑，希腊的缠枝卷叶忍冬花纹饰，印度的杂技魔术，在街市间林林总总。

波斯帝国的萨桑王朝被大食（即阿拉伯）灭亡后，很多波斯贵族和平民流落长安，而长安又聚集了大量的大食人。我不知道他们相见时是什么眼神，但长安不是战场，我在史料中也没有发现他们互相寻衅打斗的记载。

相比之下，波斯人似乎更会做生意。他们在战场上是输家，在商场上却是赢家。宝石、玛瑙、香料、药品，都是他们在经营。更让他们扬眉吐气的，是紧身的波斯服装风靡长安。汉人的传统服装比较宽大，此刻在长安的姑娘们身上，则已经是低胸、贴身的波斯款式。同时，她们还乐于穿男装上街。这些时髦服饰还年年翻新。

长安街头，外国人多的是。三万多名留学生，仅日本留学生就先后来过一万多名。留学生也能参加科举考试，仅仅在唐代晚期，得中科举的新罗（朝鲜）士子就有五十多名。科举制度实际上是文官选拔制度，因此这些外籍士子也就获得了在中国担任官职的资格。他们确实也有不少留在中国做官。

有一位波斯人被唐王朝派遣到东罗马帝国做大使，名叫“阿罗喊”。当代日本学者羽田亨认为，“阿罗喊”就是Abraham，现在通译“亚伯拉罕”，犹太人里一个常见的名字。因此，极有可能是移居波斯的犹太人。

为了这位阿罗喊，我曾亲自历险到伊朗西部一座不大的城市哈马丹（Hamadan），考察犹太人最早移居波斯的遗迹。我想，人家早就远离家乡做了唐朝的大使衔命远行了，我们还不该把他们祖先的远行史迹稍稍了解一点？

总之，在长安，见到做官的各种“阿罗喊”，见到卖酒的各种胡姬，见到来自世界任何地方从事任何职业的人，都不奇怪。他们居留日久，都成了半个“唐人”，而“唐人”则成了有中国血缘的世界人。

长安向世界敞开自己，世界也就把长安当作了舞台。这两者之间，最关键的因素是主人的心态。

唐代的长安绝不会盛气凌人地把异域民众的到来看成是一种归顺和慑服。恰恰相反，它是各方文明的虔诚崇拜者。它很明白，不是自己“宽容”了别的文明，而是自己离不开别的文明，离开了，就会索然无味、僵硬萎缩。因此，它由衷地学会了欣赏和追随。主人的这种态度，一切外来文明很快就敏感地觉察到了，因此更愿意以长安为家，落地生根。

长安有一份充足的自信，不担心外来文明会把自己淹没。说得更准确一点，它对这个问题连想也没有想过。就像一个美丽的山谷，绝不会防范每天有成群的鸟雀蝴蝶从山外飞来，也不会警惕陌生的野花异草在随风摇曳。

如果警惕了、防范了，它就不再美丽了。

因此，盛唐之盛，首先盛在精神；大唐之

大，首先大在心态。

平心而论，唐代的军队并不太强，在边界战争中打过很多败仗。唐代的疆域也不算太大，既比不过它之前的汉代，也比不过之后的元、明、清。因此，如果纯粹从军事、政治的角度来看，唐代有很多可指摘之处。但是，一代代中国人都深深地喜欢上了唐代，远比那些由于穷兵黩武、排外保守而显得强硬的时代更喜欢。这一事实证明，广大民众固然不愿意国家衰落，却也不欣赏那种失去美好精神心态的国力和军力。

民众的“喜欢”，就像我们现在所说的“幸福指数”，除了需要有安全上和经济上的基本保证外，又必须超越这些基本保证，谋求身心自由、个性权利、诗化生存。从这条思路，我们才能更深入地解读唐代。

有的学者罗列唐代的一些弱点，证明人们喜欢它只是出于一种幻想。我觉得这种想法过于简单了。就像我们看人，一个处处强大、无懈可击的人，与一个快乐天真却也常常闪失的人相比，哪个更可爱？

在强大和可爱之间，文化更关注后者。

例如，唐太宗昭陵的六骏浮雕，用六匹战马概括一个王朝诞生的历史，是一种令人敬仰的强大。但是，这些战马的脚步是有具体任务的，当这种任务已经明确，它们自己就进入了浮雕。于是，有另外一些马匹载着另外一些主人出现了。李白写道：

五陵年少金市东，
银鞍白马度春风。
落花踏尽游何处？
笑入胡姬酒肆中。

对于这番景象，我想，唐太宗和他的战马都不会生气。

几声苍老而欢乐的嘶鸣从远处的唐昭陵传

来，五陵年少胯下的银鞍白马竖起了耳朵。一听，跑得更快了。

八百里乡愁

黄小龙

故乡是梦开始的地方，每个人都有故乡情结。在异乡辛苦奔波了一整年，回家过年是游子内心最殷切的期待。那里有亲来客往，有美好的童年回忆，有娘亲。远景是大烟囱，机器日夜轰鸣，几个小山坡包围着村庄。黄泥岭山坡上成片的松树林。老宅在村子中央，土木结构。灶头在一楼平房，未粉刷的红砖墙，土灶、大铁锅、水缸。灶台上预留蓄水铜锅，用温水来洗漱。灰膛的灰拿来当肥料，施菜地，做豆腐干的时候当干燥剂。每一样设计都有用处，里面的大铁锅焐粽子、焐肉、做豆腐、做米酒蒸糯米，派大用场。大柴火架在灶膛里，火苗舔舐锅底，人也满面红光。一头土灰，那是年少的我，深蓝滑雪衣还烫了好几个洞。外面的小锅炒菜，烧饭，绰绰有余。午饭也有放灰膛里焐的做法，就是火候难以把握。农村有些人家养猪不用饲料，喂的是池塘田野割回来的猪草，养到过年屠宰，那是欢天喜地的一件事。猪血一碗碗分给乡邻。猪头、猪油、猪皮、五脏六腑、猪耳朵、猪尾……都是美味佳肴。养牛的人家不多，犁地也是一门手艺。我一直羡慕那个骑在牛背上看金庸小说的大豆哥哥，光着膀子，一身黝黑，陶醉在刀光剑影里旁若无人。几乎每家都养狗或猫，狗看家，猫抓老鼠，它们一点也不娇气。我小时候家里还养过鹅，给它们喂青菜或嫩草是我傍晚赶回家的工作。它们见了生人会叫，还会啄人，和狗一样忠诚。鹅蛋又大又白，很诱人。怕它们孤单，我家总是成双成对养，那真是幼时最难忘的回忆了。

因为1994年一直下雨，老宅那堵墙在某个电闪雷鸣的雨夜倒下了。父亲在游埠粮管所上班，我和二姐、母亲在家，吓得直哆嗦。母亲次日一早去五里外的红星村，给老爸单位摇电话。老宅位于村子中央，四周都是羊肠小道，老宅重修建筑材料运输是个大难题。奶奶提出把她位于村口机耕路的房子地基让出来，那里车辆进出方便。父亲和叔叔商量，好说歹说，叔叔最终同意把奶奶房子旁的一小块地腾给我家，奶奶的房子不拆。同时，父亲用后山岭的两块番薯地和世交柏奇家换了挨着奶奶家门口的两垄甘蔗地，这样两块地加起来有70几个平方。1994年建成了一栋两层半的小洋楼，造价两万元不到。楼上正对马路那间是我的小天地。隔壁姐住，一直住到她出嫁，搬进城里新房。2014年，老爸罹患胃癌，我们拆掉了小洋楼。谁知新居建到第三层时，父亲撒手人寰。房子的变迁是一部家族史。

人生哪有十全十美的事，有时候七八分就圆满了。剩下的就当是盼头，实现了锦上添花，差那么一点点，我们努力了，也不后悔不计较。二十年的时光，一场巨变，父亲的离世是我最大的伤痛。毕竟他才69岁，没有看到孙子们长大成人。他的目标是看到长孙——我的儿子大学毕业，他对自己阳寿的期许是80岁。烟、酒、抑郁，绝不是一朝一夕，恶疾是慢慢积聚的。放不开，放不下，老天也欺负人。父亲从确诊到离世，只有半年时间，我们陪着他从老家到上海，又从上海到老家，一边养，一边起楼。大家完全在和时间赛跑，那一年雨水特别多。打地基的时候，左邻右里冒出来捣乱，老爸拔掉输液针头出面调停。那时他走路已经一晃一晃，骨架在动，看着他的背影我心如刀割。没有老爸，我这个连红脸都不会的人，是搞不定的。我的想法是多花点钱，到村里批一块地基，统一规划，管好自己家就行。父母并不认同我的观点，这是祖基，后代要守护好这份家业，祖宗的遗产绝不能丢，别人家的不要，自己家的一寸不让。

我能理解父母的良苦用心。可是我的孩子们，他们没有搬过一砖一瓦，在村里生活的时间一年加起来一个星期不到。他们会有什么概念，家乡话都不会说，他们和老家的联系就是简历填写籍贯时必须写的“浙江兰溪”。他们的故乡在哪里？是兰溪，但是又很模糊。

我们走出小城，走出浙江界。只有全家在一起的时候说方言。入乡随俗，无锡话我们都能听得懂，和当地人交流，简单的倒也说得流利，碰到语句长一些复杂一些，我就会卡壳，那就普通话来凑，两头不着边际。我们尽量在孩子们面前说家乡话。遇见老乡，家乡话也有地域差距，同一个县城彼此间隔十几公里地，口音就不同。我们以故乡为荣，我们是浙江人，江南富庶，会唱生意经，有种天生的优越感。

孩子们面临与故乡隔绝的境地，故土的归属感在淡化。对我们来说，有土地，就是故乡。老家的房子在，我们就是那儿的人。春节拜年走亲戚，是每个家族圈固定的走动方式。族内哪家有红白喜事，沾亲带故的都随礼还礼。父辈们，我们这一辈，孩子们，最后难逃失散的命运，真要把根留住不易。在无锡，我们是第一代，无亲有故，到孩子们这一代成家立业，慢慢开花结果，三代才能安定下来。距离的疏远，长辈的过世，故乡开始模糊，它慢退回到我们心里。内心不会荒芜，故乡是我们的来历。这条线，有据可查。

回望故乡

冯连伟

回望故乡，徐徐展开儿时记忆的画卷，我仿佛又看到了一幅又一幅梦中常常闪现的画面，那么清晰，那么深刻：

我又看到了位于村东头的那口水井。井口的周围铺着长满了青苔的青砖，井口圆圆的，水井深深的，井口上方没有在电影或电视剧里常见的水车，我的记忆中前来打水的人都是用钩担挑着两个水桶，这两个水桶有的是泥土烧制的，我们俗称泥罐子，从井里往外打水的人会用井绳一头钩上水桶，一头攥到打水人的手上，把井绳慢慢地往下放，等到水桶和井里的水面接触时，打水人会把手中的井绳左摇一下右摆一下，随着手中井绳的左摇右摆水桶中就开始进水，泥罐开始下沉慢慢灌满了水，打水人就会双手用力左提一下右提一下，把盛满水的水桶提上来，然后再重复一遍刚才的动作，把另一个水桶灌满。一直到 20 世纪 80 年代，乡亲每天都是这样从这口水井里打水给我们做一日三餐的。

我又看到了那片充满鸟鸣洒满柳荫铺天盖地迎面扑来的芦花刻下欢乐记忆的河滩。故乡就建在沭河的西岸。沭河风光旖旎，草木丛丛，景色迷人，有诗曰："河输漓江半山秀，江逊沭河七分幽。无边烟柳水天碧，春在琅琊沂州东。"沭河滩是我们这些顽皮小子们最好的娱乐场地，在这里，春日到，"碧玉妆成一树高，万条垂下绿丝绦。不知细叶谁裁出，二月春风似剪刀。"夏天来，脱下短衣短裤扔到河滩上，到沭河滩的浅水里戏水摸鱼；秋日的沭河滩，景色迷人，特别是几十亩的芦苇荡“摧折不自守，秋风吹若何。暂时花戴雪，几处叶沉波。”“芦苇晚风起，秋江鳞甲生。残霞忽变色，游雁有馀声。”沭河滩，给我儿时的记忆刻下了深深的沟痕。

回望故乡，更多的想起的故乡厚重的历史。

故乡史称“樊母村”。相传汉朝大将樊哙的母亲在此居住，取名樊母村。我的故乡曾在明崇祯年间建樊哙庙。如果相传属实，故乡的历史应超过两千年。

冯氏老祖再次回到樊母村是在明朝初期。历经六百多年的风风雨雨，现在已经到了第 20 代后人。

位于沭河滩的公墓林里，仅存的一块为冯氏第十世先人叔尼所立的墓碑上刻着这样一段话：

据冯氏世居后樊母村传闻元季避难海东明初宪瑜边海东民於兹我冯氏祖率属西归尚记先

茔地址因符土重封即村西北隅祖林地。

解读墓碑上的这段话，证实了故乡始称樊母村。而冯氏老祖世居樊母村，元朝时避难于海东，明朝初期又根据政府的命令，冯氏老祖率全家西归回到樊母村，祖林则位于村子的西北方向。

老祖墓碑上的“避难海东”，曾让冯氏后人困惑，“海东”在哪里？

六百年前，老祖冯鹤峻到底是从“海东”怎样跋山涉水来到樊母村的呢？

冯氏第一次修谱是冯家当时清朝时的唯一秀才冯大兴主持的，冯大兴是冯鹤峻的第十二世传人，我们现在看到的这第一次修的族谱就是一张褪了颜色的红纸上，列出了从重新回到樊母村的冯鹤峻作为第一代始祖，到第十二世“大”字辈的繁衍传承，没有更多的文字说明。直到 2017 年，求教于从事史志编写的专家，冯氏老祖从哪里来有了明确的答案。

据《云台山志》载：云台山以南在海中。海东，指连云港云台山沿海一带半岛或岛屿。

冯氏老祖不是从山西大槐树那里迁徙而来，而是从二百华里外的连云港云台山的海岛上重返故里。之所以又返回来，这是根据明朝皇帝的命令，强令海岛上的居民迁移内镜，于是冯鹤峻老祖率先人肩挑手提，回到了曾经的故乡樊母村。

回望故乡，不得不说生活在这片土地上的两大姓氏——冯和诸葛两姓。

冯姓子孙都是冯鹤峻老祖的后人，历经600年的风风雨雨，现在已繁衍成200余人的大家族。诸葛姓氏的老祖来此安家晚于冯氏老祖，但两姓相处共生也有几百年的历史。据说诸葛姓氏当时是五兄弟来此打天下，后来子孙繁衍超快，从过去的樊母村到1863年改名为坊坞村，又根据方位命名了前坊坞（大坊坞）、后坊坞（小坊坞）、西北坊坞、西南坊坞，这四个村现在主要是诸葛的后人，据诸葛族谱，他们的先祖为诸葛亮同祖。

脚踩一片地，共饮一井水，冯氏与诸葛有着很深的历史渊源。

冯氏家训为“宽厚德隆，耕读传家”。从我记事起，我的大伯就告诉我我们冯家在清朝时出过秀才，但此后冯家后人再没有比秀才更高的举人之类的，我看到的我的叔伯婶子大娘我的爹娘都是两腿插在泥土里，以种地为生。

出生于 20 世纪 60 年代中后期的我，上小学的时候，还是阶级成分论放在政审第一位的时候，我们班 20 多名同学，冯氏后人填写家庭成分清一色的都是“贫农”，而诸葛姓的后人多数填写家庭成分要么是“地主”要么是“富农”。“文革”时期，我们大队的贫协委员是姓冯的，民兵连长也是我本家的二叔，我也曾经为不是“地主羔子”而自豪过，但现在想来，当时雇工的都是诸葛家的，给人打工的都是冯家的。

我的老祖安家时，选择了离河近的村子的东头，诸葛姓的老祖来此安家时就选择了村子的西侧。人民公社化时期，三级所有，队为基础，我们冯氏子孙都在第一生产队，还有少部分住在村子东侧的诸葛后人也划归到我们生产小队。

和睦相处，睦邻友好是我对故乡深深的印记。

从小我就知道我们村有个“二指先生”，在我的爹娘的口中这是我们村最有学问的人，上知天文，下知地理，既懂阳间事，又可安顿阴间神。

2017 年，我专门拜访了这位已经 80 多岁的“二指先生”，他已经驼背非常厉害了，在我的跟前似乎弯腰了九十度，我在与他对话时重点询问在他的同辈人中为什么只有他识字而且还有那么深的学问，他满口说一句话给我叫一声“表叔”，对我提出的问题说了个详细。

“二指先生”告诉我：他是在他爹57岁的时候降生的，对他爹来说也是“老来得子”，对他格外宠爱，同时又寄予厚望，他们家也有几十亩地，等到他可以识字的年龄，他爹教他识字，而且他爹很严厉，给他布置的读背写完成不好，则要挨板子，而且打得很重很重。他边说边感叹：“表叔，我识这些字是我爹用板子打出来的啊。”

我接着就问他一个问题，他爹又是谁教的呢？“二指先生”心情激动地说：“我爹就是你们冯家的老秀才教的啊。”我爹临死的时候对我说：“咱们爷俩识的字都是老冯家教出来的，今后老冯家的爷们找你帮忙，不能收一分钱啊。”

拜访了“二指先生”，我对老爷爷老秀才冯大兴有了新的认识，我也对冯氏后人与诸葛后人世代和睦相处有了新的了解。

故乡有一对父子同烈士。这对父子牺牲于1947年还乡团的枪下，2017年我在采访时，找到了我本门已92岁的一个大哥，当时他是村里的民兵，而牺牲的姓诸葛的老村长在被枪杀之前曾经与他在一起躲在村东头。他说：“他是真为老百姓好啊，特别是对我们冯家这些穷人好，他被枪杀后，这对爷俩是我们姓冯的给安葬的。”

这就是我的故乡，邻里相亲，守望互助。我的母亲晚年自己生活在故乡的老宅里，每当周末我回老家时，总能碰到乡亲中的左邻右舍在陪娘说话啦呱，这些陪娘解闷的乡亲有姓冯的后人，更多的是诸葛姓氏的媳妇。娘多次对我说过：“乡里乡亲都是一家人啊，我活了80多岁，从没分出这个姓那个姓，我当接生员的时候，咱们村有一二百人都是我接生的，有姓冯的，更多的都是姓诸葛的。现在我老了，平时给我送吃送喝送点稀罕东西的，姓冯的姓诸葛的都有，永远不要分出内外来，都是一家人啊。”

回望故乡，就不由追溯我的先祖；回望故乡，就不能不感谢我的父老乡亲，他们教会了善良，更教会了我包容，让我更深地理解了远亲不如近邻的道理。

回望故乡，万家灯火照亮着此去经年，更照着那片深藏着的历史和历史中温情的岁月。

过年，家乡圆梦的炮声

陈忠实

交上农历腊月，在冰雪和凛冽的西风中紧缩了一个冬天的心，就开始不安生地蹦跳了。

我的家乡灞河腊月初五吃“五豆”，整个村子家家户户都吃用红豆绿豆黄豆黑豆豌豆和苞谷或小米熬烧的稀饭。

腊月初八吃“腊八”，在用大米熬烧的稀饭里煮上手擀的一指宽的面条，名曰“腊八面”，不仅一家大小吃得热气腾腾，而且要给果树吃。我便端着半碗腊八面，先给屋院过道里的柿子树吃，即用筷子把面条挑起来挂到树枝上，口里诵唱着“柿树柿树吃腊八，明年结得疙瘩瘩”。

随之下了门前的塄坎到果园里，给每一棵沙果树、桃树和木瓜树的树枝上都挂上面条，反复诵唱那两句歌谣。

到腊月二十三晚上，是祭灶神爷的日子，民间传说这天晚上灶神爷要回天上汇报人间温饱，家家都烙制一种五香味的小圆饼子，给灶神爷带上走漫漫的上天之路作干粮，巴结他“上天言好事，入地降吉祥”。当晚，第一锅烙出的五香圆饼先献到灶神爷的挂像前，我早已馋得控制不住了，便抓起剩下的圆饼咬起来，整个冬天都吃着苞谷面馍，这种纯白面烙的五香圆饼甭提有多香了。

乡村里真正为过年忙活是从腊月二十开始的，淘麦子，磨白面，村子里两户人家置备的石磨，便一天一天都被预订下来，从早到晚都响着有节奏的却也欢快的摇摆罗柜的咣当声。轮到我家磨面的时候，父亲扛着装麦子的口袋，母亲拿着自家的木斗和分装白面和下茬面的布袋，我牵着自家槽头的黄牛，一起走进石磨主人家，从心里到脸上都抑制不住那一份欢悦。父亲在石磨上把黄牛套好，往石磨上倒下麦子，看着黄牛转过三五圈，就走出磨坊忙他的事去了。我帮母亲摇摆罗柜，或者吆喝驱赶偷懒的黄牛，不知不觉间，母亲头顶的帕子上已落下一层细白的粉尘，我的帽子上也是一层。

到春节前的三两天，家家开始蒸包子和馍，按当地风俗，正月十五之前是不能再蒸馍的，年前这几天要蒸够一家人半个多月所吃的馍和包子，还有走亲戚要送出去的礼包。包子一般分三种，有肉作馅的肉包和用剁碎的蔬菜作馅的菜包，还有用红小豆作馅的豆包。新年临近的三两天里，村子从早到晚都弥漫着一种诱人的馍的香味儿，自然是从这家那家刚刚揭开锅盖的蒸熟的包子和馍散发出来的。小孩子把白生生的包子拿到村巷里来吃，往往还要比一比谁家的包子白谁家的包子黑，无论包子黑一成或白一成，都是欢乐的。我在母亲揭开锅盖端出第一屉热气蒸腾的包子时，根本顾不上品评包子成色的黑白，抢了一个，烫得两手倒换着跑出灶房，站到院子里就狼吞虎咽起来，过年真好！天天过年最好。

大年三十的后晌是最令人激情欢快的日子。一帮会敲锣鼓家伙的男人，把村子公有的乐器从楼上搬下来，在村子中间的广场上摆开阵势，敲得整个村庄都震颤起来。女人说话的腔调提高到一种亮堂的程度，男人也高声朗气起来，一年里的忧愁和烦恼都在震天撼地的锣鼓声中抖落了。女人们继续在锅灶案板间忙着洗菜剁肉。男人们先用小笤帚扫了屋院，再捞起长把长梢的扫帚打扫街门外面的道路，然后自写或请人写对联贴到大门两边的门框上。

最后一项最为庄严的仪式，是迎接列祖列宗回家。我父亲和两位叔父带着各家的男孩站在上房祭桌前，把卷着的本族本门的族谱打开舒展，在祭桌前挂起来，然后点着红色蜡烛，按着辈分，由我父亲先上香磕头跪拜三匝，两位叔父跪拜完毕，就轮到我这一辈了。我在点燃三支泛着香味儿的紫香之后插进香炉，再跪下去磕头，隐隐已感觉到虔诚和庄严。最后是在大门口放雷子炮或鞭炮，迎接从这个或那个坟墓里归来的先祖的魂灵。整个陈姓氏族的大族谱在一户房屋最宽敞的人家供奉，在锣鼓和鞭炮的热烈声浪里，由几位在村子里有代表性的人把族谱挂在祭桌前的墙上，密密麻麻按辈分排列的族谱整整占满一面后墙内壁。到第二天大年初一吃罢饺子，男性家长领着男性子孙到这儿来祭拜，我是跟着父亲的脚后跟走近祭桌的，父亲烧了香，我跟他一起跪下去磕头，却有不同于自家屋里祭桌前的感觉，多了一缕紧张。

对于幼年的我来说，最期盼的是尽饱吃纯麦子面的馍、包子和用豆腐黄花韭菜肉丁做臊子的臊子面，吃是第一位的。再一个兴奋的高潮是放炮，天上满是星斗，离太阳出来还早得很，那些心性要强的人就争着放响新年第一声炮了。那时候整个村子也没有一只钟表，争放新年第一炮的人坐在热炕头，不时下炕走到院子里观看星斗在天上的位置，据此判断旧年和新年交接的那一刻。

我的父亲尽管手头紧巴，炮买得不多，却是个争放新年早炮的人。我便坐在热炕上等着，竟没了瞌睡，在父亲到院子里观测过三四次天象以后，终于说该放炮了，我便跳下炕来，和他走到冷气沁骨的大门外，看父亲用火纸点燃雷子炮，一抡胳膊把冒着火星的炮甩到空中，发出一声爆响，接连着这种动作和大同小异的响声，我有一种陶醉的欢乐。

真正令我感到陶醉的炮声，是 20 世纪刚刚交上 80 年代的头一两年。1981 或 1982 年，大年三十的后晌，村子里就时断时续着炮声，一会儿是震人的雷子炮，一会儿是激烈的鞭炮连续性响声。这个时候已经早都不再祭拜陈氏族谱了，本门也不祭拜血统最直接的祖先了，“文革”的火把那些族谱当作“四旧”统统烧掉了，我连三代以上的祖先的名字都搞不清了。家家户户依然淘麦子磨白面蒸馍和包子，香味依然弥漫在村巷里，男性主人也依然继续着打扫屋院和大门外的道路，贴对联似乎更普遍了。

父亲已经谢世，我有了一只座钟，不需像父亲那样三番五次到院子里去观测星斗转移，时钟即将指向12点，我和孩子早已拎着鞭炮和雷子炮站在大门外了。我不知出于何种意向，纯粹是一种感觉，先放鞭炮，连续热烈地爆炸，完全融合在整个村庄鞭炮此起彼伏的声浪中，我的女儿和儿子捂着耳朵在大门口蹦着跳着，比当年我在父亲放炮的时候欢实多了。

我在自家门口放着炮的时候，却感知到一种排山倒海爆炸的声浪由灞河对岸传过来，隐隐可以看到空中时现时隐的爆炸的火光。我把孩子送回屋里，便走到场塄边上欣赏远处的炮声，依旧连续着排山倒海的威势，时而奇峰突起，时而群峰挤拥。我的面前是夜幕下的灞河，河那边是属于蓝田县辖的一个挨一个或大或小的村庄，在开阔的天地间，那起伏着的炮声洋溢着浓厚深沉的诗意。这是我平生所听到的家乡的最热烈的新年炮声，确实是前所未有。

我突然明白过来，农民圆了千百年的梦——吃饱了！就是在这一年里，土地下户给农民自己作务，一年便获得缸溢囤满的丰收，从年头到年尾只吃纯粹的麦子面馍了，农民说是天天都在过年。这炮声在中国灞河两岸此起彼伏经久不息地爆响着，是不再为吃饭发愁的农民发自心底的欢呼。我在那一刻竟然发生心颤，这是家乡农民集体自发的一种表述方式，是最可靠的，也是“中国特色”的民意表述，世界上再也找不到可以类比的如同排山倒海的心声表述了。

还有一个纯属个人情感的难忘的春节，那是农历1991年的大年三十。腊月二十五日下午写完《白鹿原》的最后一句，离春节只剩下四五天了，两三个月前一家人都搬进西安，只留我还坚守在这祖传的屋院里。

大年三十后晌，我依着乡俗，打扫了屋院和门前的道路，我给自家大门拟了一副隐含着白鹿的对联，又热心地给乡亲写了许多副对联。入夜以后，我把屋子里的所有电灯都拉亮，一个人坐在火炉前抽烟品酒，听着村子里时起时断的炮声。到旧年的最后的两分钟，我在大门口放响了鞭炮，再把一个一个点燃的雷子炮抛向天空。

河对岸的排山倒海的炮声已经响起，我又一次站在寒风凛冽的场塄上，听对岸的炮声涌进我的耳膜，激荡我的胸腔。自20世纪80年代初形成的这种热烈的炮声，一直延续到现在，年年农历三十夜半时分都是排山倒海的炮声，年年的这个时刻，我都要在自家门前放过鞭炮和雷子炮之后，站在门前的场塄上，接受灞河对岸传来的排山倒海的炮声的洗礼，接纳一种激扬的心声合奏，以强壮自己。

1991 年的大年三十，我在同样接纳的时刻不由转过身来，面对星光下白鹿原北坡粗浑的轮廓，又一次心颤，你能接纳我的体验的表述吗？这是我最后一次聆听和接纳家乡年夜排山倒海的炮声。

世间最温暖的归途

孙道荣

小时候，除了自己村，我最熟悉的就是严庄。

严庄离我们村十来里山路，中间还有四五个村庄。除非太渴或者突然下了大雨，奶奶才会牵着我的手，走进其中的某个村庄，或讨口水喝，亦或在谁家的屋檐下躲躲雨。其他时候，奶奶都是领着我径直走到严村，仿佛一路上那些村庄都不存在似的。我更想在路过的一个村子停下来，因为那里有一棵很大的枣树，枣子成熟的季节，总能从树下的草从里找到几颗被人遗漏的枣子，甜得透心。奶奶却不让我停下来，她要么说枣树还没开花呢，要么说枣子早被人家用竹竿打光了。可是，就算没有枣子，走了这么远的山路，是不是也该歇歇脚了？奶奶笑着说，我一个老太婆都不累，你个小娃子累什么？她拽着我，继续走。

奶奶总是很急迫的样子，出了家门，脚步就变得又碎又急，一刻不肯停下来。从我记事起，她第一次领着我去严庄，就一直这样。我一点也不觉得严庄有什么好玩的，比我们村小，房子也比我们村更矮更破；如果不是年节，在那里吃到的饭菜，比我们家的还难以下咽。严庄唯一吸引我的，是一个比我奶奶更老的老太婆，她有时候会偷偷塞一块蜜饯给我。她脸上的褶子比我奶奶多，腰杆也比我奶奶还佝偻，走路时她低垂的脑袋都要触到地面了。她的牙齿差不多全掉了，嘴巴完全瘪进去，讲出来的话就跟从破风箱里发出来的一样，沙哑到让人听不清她说什么。

奶奶却跟她有讲不完的话。不过，奶奶赶了十几里的山路，当然不仅仅是来跟她说话的。大多数的时候，奶奶来到严庄，比在家里还辛苦，她要下地干活，要将被子、衣服全部洗一遍，冬天时还要用塑料皮围个圈，帮老太婆洗个热水澡。整个白天奶奶都在不停地忙碌，到了晚上，两个老太婆会钻进同一个被窝，开始讲话。她们的话我一点也不感兴趣，在又矮又破又小的房子里，我躺在两个苍老的声音中间，无趣之极。从矮墙的破窗看出去，能看到满天繁星，而两个老太婆说话时喷出来的唾沫星子，比天上的星星还密。有一次，我在睡梦中被一阵奇怪的“嗤嗤”声惊醒，原来是两个老太婆不知道说起了什么，笑得在被子里蜷成一团。我翻个身又沉入梦乡。多年以后，如果我在睡梦中被什么声音突然惊醒，还会忍不住想到小时候的那一幕——两个老太太，在深夜的土炕头发出“嗤嗤”的笑声。奶奶留在我记忆里的声音并不多，而且随着时间的推移越来越模糊，唯那夜的笑声，仿佛刻在了我脑海深处，清晰，深刻，不时迸发出来。

每次跟奶奶去严庄，我们一般会住一晚，第二天往回赶。我还有两个更小的妹妹在家里，等着奶奶照顾。比奶奶更老的老太婆，拄着一根树棍子，将我们送到村口道别。每次去严庄，第一眼看到她的时候，我喊一声太太，走时再喊一声，这差不多就是我和她的全部交流了。回自己村庄的路上，我总是走在前头，奶奶说我跑得比兔子还快。而奶奶走出严庄的时候，脚步总是拖拖沓沓，好像被严庄的土粘住了脚一样。直到回头再也看不见严庄了，奶奶才突然加快了脚步。我们自己家里还有太多的活儿，等待奶奶回来忙乎呢。

有一天，爸爸急急忙忙对我和妹妹们说，快，我们去严庄。那一次，奶奶已经先去了几天，也是她唯一一次没有带上我，自己一个人去的严庄。爸爸告诉我们，太太没了。

到了严庄，奶奶看到爸爸，突然放声大哭。我看到那个我喊做“太太”的老太婆，一动不动地躺在床上——那个每次我和奶奶来严庄时一起睡的土炕。

那一次，我们全家在严庄住了几晚，直到将太太安葬。

从严庄回来，我们默默地行走，半路上，奶奶突然停下来，回头看了一眼，“哇”地大哭。我们都停下来陪着奶奶。奶奶摸了摸我的头，呜咽着，“奶奶没有家了……”

那一年我 6 岁，还不能理解奶奶的话，想，我们不是有家吗？

24 岁那年，我的爷爷去世，31 岁那年，我的奶奶也去世了。我是在爷爷奶奶身边长大的，爷爷奶奶的家就是我的家；没有了爷爷奶奶，我从小长大的那个村庄里，也就再没有家了。那个严庄，我更是很多年都没有再去过，它和我的村庄一样，永远留在了记忆深处。那里，曾经有奶奶回家的路，也有我回家的路。它们，曾经是奶奶和我，在这个世间最温暖的归途。

门前的池塘

苏听风

一个做房地产的朋友说，现在一些楼盘如果旁边有水源，推广时就会把此地描述为“临江大宅”或“湖景花园”。即便在楼盘旁边的是一条小水沟，广告也会这么写。如果真有一个大池塘或是一条河，那这样的房子就会掀起一波抢购热潮。

这样看来，我小时候生活的地方可是绝佳好地段。那时，我家虽是一间土坯房，但门前环境可是上好的。家门前便有一个大池塘，长约百米，宽有十来米。池塘内外，常年水清树秀。

夏季，是家门前池塘最为壮观的时节。

满塘的荷叶，高高低低、大大小小地铺在塘中。有的早已大方潇洒地撑开了自己，有的还如害羞的姑娘，低头半卷着叶子。每日推开门，就看到一整片的碧绿跳入眼帘，无比欢喜。再稍稍过些日子，荷花就从水中冒了出来，半开的时候最好看。层层叠叠娇嫩的花瓣错落有致地围绕着莲蓬，正如杨万里的诗句所说：“接天莲叶无穷碧，映日荷花别样红。”

我小时候，池塘中这样的景象是常态。

孩童时期，大家在意的其实不是怡人的风景，而是有另一番期盼。荷叶刚长大一些时就摘几个，或是顶在头上当装饰的帽子，或是找片大的在放牛的时候挡太阳。更有手巧的小伙伴，把荷叶做成披风、饭盒、围脖五花八门，应有尽有。荷叶，是小伙伴们嬉戏玩乐的重要道具。

等到荷花出来，荷叶就被扔在了一边，荷

花成了最受欢迎的东西。只是，采摘荷花时，比折荷叶时要纠结许多，毕竟，荷叶一长就是满塘，而荷花却是金贵的，几十片荷叶中才会冒出一朵荷花来。总得盼一个特别的日子，给自己心里打一个师出有名的旗号，才会放心大胆地去摘一朵。比如照相的时候，拿着它作点缀、装扮。平日里，还是想等着它护着莲蓬慢慢长大，等日后，饱食一顿莲子。

待莲子成熟时，生长在靠近塘边的莲蓬，早就被“手长”的人扯走了。稍微远一些的，就得用竹竿、锄头等工具把它们勾过来。长在最中间的，只有划着小船才能摘到。说是船，其实它只是一个直径一米左右的大木盆。

搬一个小凳子放在木盆中间，有时候为了防止“翻船”，还会在木盆中放几块大石头平衡重量，以免人坐上去后，过于向前倾斜。稍讲究一点的小伙伴们，会有模有样地找两块小板用来做桨，像我这种急于吃莲蓬的小孩，就直接用手作桨，看起来很省事，但才划一会儿就会累得直喘气。

像我这样只顾吃、不顾其他的采莲者，估计在历史中也不多吧。自古以来，在书中读到的采莲者的形象一向飘逸美好。比如王昌龄的《采莲曲》：“荷叶罗裙一色裁，芙蓉向脸两边开。乱入池中看不见，闻歌始觉有人来。”还有李白的：“若耶溪傍采莲女，笑隔荷花共人语。”

比起诗人的描写，我去采莲的情形毫无美感可言：只穿着小衫短裤，打着赤脚就下去了。我第一次划着盆去采莲子时，大概只有九岁。起初并不会用力，胡乱地在水中挥动着自己的双手，盆不但不前进，还一直在原地打转。最后只得拉着荷叶秆一点点地前进。没有下塘时，以为这个池塘就是眼前的一小片池水，也没什么了不起。下了塘，才发现另有乾坤。置身于盆中，视线变低了，前后左右望去，荷叶秆林立于四周，宛如一片水上“小森林”。在岸上清清楚楚看到的莲蓬，下了水，却不知去向。偶尔大胆地试图站起来，越过荷叶再锁定一下目标，腿刚站直，盆就转动起来，几次险些跌落水中。最后，也只好坐在盆中，苦苦寻觅下一个莲蓬。找到了莲蓬，当然会第一时间坐在盆里享用，直到吃饱了，才会再摘一些放在盆里，带回岸上分给其他小伙伴们。

这一番找吃食的经历相当刺激惊险，又印象深刻。一年又一年，乐此不疲地下水采莲蓬。

小时候，我曾问过爸妈，池塘里的莲藕是什么时候种下的，他们也说不清楚到底是什么时候有的。有几回，听村里的老人家们说，是在生产队集体劳动时种下的。在粮食不充足的年代，多一个地方种上可以吃的东西，是一件开心的事。每年腊月，全村老小下塘挖藕，然后按人头分藕。这样一来，过年时就会多一些吃食了。这个池塘是全村人多年来的一个菜园，功劳巨大。

分田单干后，就没有集体挖藕的规矩了。谁家想要吃藕，就自己下塘去弄，挖多挖少，也没有人干涉。这看起来比集体管理要方便自在得多。不过，对于池塘本身来说却不见得好。据老人家们说，从前大伙集体挖了藕之后，队长会安排一些力气大的年轻人专门挖一挖池塘中的淤泥，除一除水中的水草杂树，把淤泥挑到田里去当肥料，把杂草放到岸边晒干当柴火烧。没有这一项活动后，长年累月的淤泥、杂草堆积，池塘像是一个被放养的孩子，迅速地野蛮生长。

就这样，接天莲叶无穷碧的景象就不见了，夏季时，只有稀稀拉拉的几片小荷叶漂在水上，落寞极了。神奇的是没有藕荷，竟又长出许多菱角来。经历过繁华藕塘的伯伯们，也许是不忍心看到这里光秃一片的。听说，是村里一个老伯伯在外面弄回来一株种苗，扔进塘中没多久，就长成了一大片。

有了划盆采莲蓬的经验，再下水去摘菱角就是轻车熟路了。摘菱角比采莲蓬容易得多。以前荷叶秆会阻碍盆前进，而漂浮的菱角叶子则根本无法挡住航行的大木盆。一路横冲直撞，威风自在。有时候贪吃起来，一路摘一路吃，直到吃撑为止，把在岸边等着分吃的小伙伴们急得团团转。

稍稍耐不住性子的小孩，不管三七二十一就冲下了水，准备自给自足。有一回，我的一个小表弟兴奋地冲进了塘中，还没走到三步就哭了起来。原来，他踩到塘中的玻璃片了。当他被大人抱起来时，脚上已被割开了一个大口子，鲜血直流。他一边哭，一边嚷道："这是你们故意放在这里的玻璃片，专门来扎我的。我看你们村的人下去都没事，唯独我被割了！"

被他这么一说，大家都哭笑不得，纷纷解释道："怎么可能只针对你呢？这个池塘一直在这，再说了，它又不知道谁今天会下水。"表弟仍然认为，这个池塘是针对他这个“外人”的。被表弟这么一说，我也觉得奇怪，除了坐盆下水，我也曾在大人不注意时偷偷挽起裤管赤脚下去三五回，畅行无阻，来回安全。

没过几年，池塘中除了到处漂浮着菱角叶外，还来了许多新朋友。簇拥而长的水觅草一年比一年多，逼得菱角家族无处可立身。就这样，池塘成了杂草的天下。

但是，并没有人在意这些，毕竟，它曾经的繁华像是上天赐予的，如今的荒芜，也像是命运的安排。

去年春节回家，特意早早地起床。沿着池塘走了一圈，所到之处，无不荒草缠身，不得不折一节树枝，探路前进。

小时候，无数次地奔跑于池塘的四周，觉得它大极了。现在走起来，虽是路难走，但不过几分钟就走完了。满塘之中全是茭白的枯叶，池塘已不再是一个塘，因为它没有一点水了。

眼前的池塘，只是一块洼地而已。

妈妈说茭白在夏季长得极好，会长满满一塘，和曾经的荷叶一样，全是绿色。村里面的一些老人家，时不时地也弄来一些茭白吃，又嫩又肥。只是，长势一年不如一年。

眼前的茭白枯叶，在冬天的北风中刷刷地抖动了起来。我点了一把火，想把眼前的一片杂草枯叶全部烧掉。火势在大风的作用下，热烈地燃烧了起来。呼呼的风声、噼里啪啦的火声，环绕着眼前的池塘。在北风的助推之下，满塘的枯叶在不到半小时的工夫全部化为灰烬。

我看着眼前一片黑黑的洼地，空旷、沉寂，像是一个饱经风霜的老人，回忆着风华正茂的青年、努力奋斗的中年以及苦苦挣扎的老年。如今，它就是等着这一场大火，将过去全部化为灰烬，便可就此告别，找到生命的意义。

在熊熊的大火中，想起小时候一起在池塘里吃过莲蓬和菱角的发小——伟和勤文，他们长大后学了土木工程专业，后来都远离家乡，在外地生活。在一次聚会中，他们说，希望以后老了还是可以回到家乡，回到这个村里，用自己所学的知识和技能，治理我们村的这个塘和桥边的河，让它们恢复从前的样子。那是我在一次次返乡的聚会中，听到过的最暖心的话。

同时，我也为自己感到愧疚，相对他们俩来说，同是这个池塘养育出来的儿女，我并无这样的能力，也无这样的愿望。所能做的，就是去放一把火，烧掉一时的枯叶杂草。面对满塘的淤泥、垃圾，毫无办法。

人世的沧海桑田莫过如此。

这两年来，做房地产的朋友每每向我推荐“水榭之都”“临窗水景”此类有水的居住地时，我都毫无动心之意。还有什么地方，能比小时候的“荷塘月色”更让人留念呢？

同里的桨声

刘汉俊

夜宿江南古镇同里，只听得自己的梦，在静谧的秋里，振了一夜的翅。朦胧中，有桨声在远处响，悠扬如天籁。干脆早起，舍不得睡了。

依街角望去，曙色如黛的古镇，像一叶睡莲，或一朵浮萍，静静地铺陈在烟波浩渺的湖面，千年一梦，香鼾如酿。古老的晓月千年的秋风，把尘世的一切都归零，归于同里一宿的静，一如隐居深山不染凡间半根游丝的庵寺。

只有渐近的桨声，是这幅水墨佳作的画外音，千年不变。

同里的早晨特别悠扬，舒展得像港汊一样没有尽头；温婉的光景被同里抻长，长得像里弄一样找不见尾巴。柳垂金丝，叶泛青光，幽径通向千年的古藤。苔痕上阶绿，草色入帘青，葱绿的地上草，齐着岸线蔓延滋长，同里的秋像春一样苍翠。

同里湖丰沛的鱼虾菱藕，滋养着水岸人家，锅里炖着、沸着、熬着、煮着、蒸着、炸着的，全是鲜美香艳，让隔湖相望、以特色风味闻名的苏州人不得不惊叹“吃在同里”。

千年的长河在同里歇了歇脚，继续前行，把个江南古镇的韵味，全留在一桥一水一人家之间了。

河街曲折而行，走到一处，忽然就停住了。这个地方，叫作桥。桥是同里的筋骨。同里是桥的博物馆。

同里的桥无处不在，就像同里的水无处不有。十五条河，五十座桥，河不同形，桥不重样，桥上叠桥，桥里套桥，或有林荫掩蔽，两岸葱茏，或平街凸起，玉雕粉砌。高高低低大大小小长长短短的桥，如弯月卧波，蜿蜒曲折互联互通，被时光拂出一片又一片的苍痕与陆离，各有景致，瞅一眼就知道有故事。

枕河人家，有水就有路，有河就有桥，从无迷津。在人与人之间、此岸与彼岸之间、历史与现实之间，同里人逢水搭桥，几乎没有过不去的堑。

古镇西侧，野草丛生、青藤蔓绕中的思本桥以其八百年的桥龄雄居桥祖之位。南宋诗人叶茵不满朝廷昏聩，告退还乡，捐造思本桥以明志，警醒为官者当“万事民为本”。桥是一代诗人的心碑，也是他生命的里程碑和生命价值的标签。

同里家家临水，户户枕河，是水做的村庄、水养的女儿。居太湖之畔、古运河之侧，同里因天然丰沛的水系而具有旺盛的生机。舟楫之便，可以四通八达，桑蚕丝绸、米盐商行连成的商路延伸到十里八乡，交易辐辏为市，因水而兴，富甲一方。

同里人都愿意相信这样的故事，说是同里原名“富土”，明朝时怕因富招灾，便把“富土”二字拆了重装，“富”字去点不露头作“同”字，“田”“土”合二为一成“里”字。富不露头、田地为本，精明的处世哲学和深奥的人文思想提炼成“同里”二字，实在高明。

同里人的这种人生哲学，在镇上一处私家花园找到了注脚。与晋商大院、徽商深宅相比，这个名为“退思园”的宅第多了几分葱郁、精致和儒雅，更像是工笔画。移步入景，洞天层出，生出无限的人生意境来。

没有人文的景观是没有底蕴的风光，不消失的历史必定有不朽的人物，一个村落的历史，实际上是人物的历史。江山易改，容颜易衰，唯有人文思想是古镇同里生命的永续。漫步同里的街巷宅园，如阅苍黄的史册，被一种弥漫经年而依然香馨缭绕的古风所袭。同里因商而兴，却以文而彰，有着浓郁的勤耕苦读尚文的传统，甚至有一座桥的名字就叫“读书桥”。这种丰富的人文和教育资源，使得同里人才辈出。

密如蛛网的小桥上，先后走出过 1 位状元、42 位进士、93 位举人，这在古代中国是不多见的。

除此之外，还走出过诸如明代著名园艺大师、世界上第一个为园林艺术著书立说的计成，他是常州、扬州、镇江、仪征一带名园的设计和营造者，所著《园冶》一书被视作园林设计的经典。

清末民初国学大师、爱国志士金松岑先生，他是蔡元培先生、邹容先生、章太炎先生的战友，陈去病、柳亚子、潘光旦、费孝通、范烟桥、严宝礼等人的老师，金先生的晚年正值日本侵华之时，老先生忧国忧民，寝食难安，作为一代名士，虽然生活穷困潦倒，以变卖同里的家产为生，但决不苟且偷生，并作《论气节不讲足以亡中国》以警世人。

新中国第一任财政部副部长王绍鏊，是章太炎先生的战友、金松岑先生的学生，早年积极投身于爱国进步和革命活动，与邓演达、冯玉祥、吉鸿昌、邹韬奋、沈钧儒、柳亚子、徐铸成、雷洁琼、陶行知、周建人等人士交往甚密。值得一说的是，1933 年就秘密加入了中国共产党的他，遵守党的纪律从不暴露身份，以民主人士身份做了大量的统战工作。

同里还走出过上海《文汇报》和香港《文汇报》的创始人严宝礼。1937 年"八一三"事变爆发后，身陷"孤岛"上海的文化商人严宝礼为抵抗日本侵略者的新闻封锁，约集几位爱国知识分子，毅然于1938年1月25日创办了《文汇报》。《文汇报》被迫停刊后，严宝礼与徐铸成等人又创办了香港《文汇报》。

一个小镇出了这么多有影响的名士，不能不说是地灵人杰了。从近代以来的人物成长经历来看，书香盛炽是最主要的环境。书里有思想，书中有洞天，书生求新变。同里古镇的舟楫便利，使得深汲这方儒风雅水的读书人视野洞开，在桨声帆影中触摸到最先进的思想，居前沿则不闭塞，思想旷达。同时，他们师承关系紧密，思想交流频繁，容易产生有感召力的领袖人物和一呼百应的效果。同里的古今人物以身为笔，挥就了自己的绚丽与沧桑。

乡村是城市的母亲。近些年大城市的人挈妇将雏、携猫带狗地奔来乡村，想必是寻根归朴来了。同里用舒缓的节奏，放慢了世人急促的步履和急切的心跳，一扫风尘世故，是现代社会一处天然的“疗吧”。

达官显贵、文人士子、渔妇耕夫，都能在这温柔水乡停舟歇桨，找到一处心灵皈依的芳草洲。古镇以她博大的文化包容性和普适性，成就了自己历千年而依然蓬勃的生命力和永不凋谢的魅力。

同里是历史的博物馆，是江南的化石，是文化的标点，是《诗经》的故乡，是一支苍老的桨。

那桨声，从容地响起，千年不变。

霍泉水长流

卫建民

东西方创世纪的神话，都以水的出现为人类文明的开端。中国哲学“天一生水”的表达，西方文化“神的灵运行在水面上”的描述，都是从柔弱的水获得天启。

不过，要追问一汪清泉从什么时候开始涌流，一条长河从哪个世纪开始奔流？任何历史地理著作都难以找到上限。远古的记载，都是美丽的神话。

我的家乡——山西洪洞广胜寺的霍泉，从三国时的《水经》就有记载，公元6世纪，郦道元著《水经注》，更有详细的记载：“汾水又南，霍水入焉，水出霍太山，发源成潭，涨七十步而不测其深，西南经赵城南，西流注于汾水。”这是把霍泉作为汾河支流的记载，是科学著述，也是经典美文，证明在千年以前，霍泉已成深潭形状，与民间俗称“海场”相近。北方人称湖泊为“海”，大概始于元代。老电影《我们村里的年轻人》，外景地就采自这里，外地观众不知道，影片里的大山，是霍山，奔流的小河水，源自霍泉。电影插曲唱道：“人说山西好风光 / 地肥水美五谷香 / 左手一指太行山 / 右手一指是吕梁 / 站在那高处望上一望 / 你看那汾河的水呀 / 哗啦啦地流过 / 我的小村旁。”词作者的灵感，来自清澈长流的霍泉水。

历史上，霍泉水是农业灌溉用水，居民生活用水。水的流量能浇灌二三十万亩土地。晚清民国时，为解决洪洞、赵城两县在用水上的争端，合理分配泉水，地方政府在水源地建分水亭，从源头治理，在水资源的分配问题上，解决了两县农民因争水而时常发生的械斗。分水亭，“有亭翼然临于泉上者”，实际功能是均水。前人的智慧和审美眼光，总是能把功用和审美融为一体，如燕园未名湖畔的水塔。霍泉之西的分水亭，有一条木制廊桥穿过，成为观赏山景塔影、泉水奔流的驻足点，又是移步换景的空间处理，水与亭构成一个园林小品。分水亭边，还有砖结构的三角形门洞，其中一道门上镌刻的联语是：“分三分七分隔数柱 / 水滑水秀水成银涛”，横额：“梅花逊雪”。这是分与合的哲学思考，对水德水姿的诗情赞美。分水亭之北，是水神庙，又称下寺，著名的元代壁画，中国戏剧史必须提及的“大行散乐忠都秀在此作场”片段，就在这里。壁画的场面，更多的是描绘水与人与神的关系，也是对霍水长流的祷祝。

如果是夏天，你从 30 里地外的洪洞县城来到这里，立即会感到凉飕飕地逼人之气：澄碧的一池泉水，从山底几株老柏树根下怒放的泉眼，巍峨的霍山，高指蓝天的飞虹宝塔，满山的森森古柏，分水亭四周的绿荫，湿润宜人，真是清凉世界，人间仙境。每年农历三月十八日，这里举行传统庙会，毗邻数县的人都来赶会，是朝山礼佛，更是民间贸易、文化盛会。幼年时，我坐着牛车来赶会，凌晨来到这里，睡梦中睁开眼，看见一池碧绿，如看见蓝色夜空的一颗亮星星，堪称人生的“洗礼”。

几十年间，我在外奔波，足迹几遍全国。每到一个城市或乡村，当地的河流湖泊，盛地名泉，总是影响我的观感和心情。在一些繁华热闹的城市，高楼林立，穿过城市的河流却经年浑浊，使人扫兴。那一年，我去陕西安康开会，看到清澈的汉江水，真是澡雪精神，多年难忘。我知道，由于过度开采，人口膨胀，历史上许多著名的泉水河流已经枯竭断流。北京玉泉山，我亲自去勘查，早已是徒具其名，滴水全无。湖南韶山，毛主席住过的滴水洞，倒还有一线泉水；游人掬水喜饮，表达对领袖的感情。泉城济南，趵突泉水的升降，已成人们关注的新闻。人和水的密切关系，水资源严重短缺对经济社会发展制约的警告，从来没有像今天这样应成为国人的共识。有一个宣传节水的公益广告说：水是地球上人的最后一滴眼泪。话虽说的极端，却是水危机的口号，如同棒喝，叫人一惊。

每次回家乡，——尽管家乡已面目全非，霍泉却依旧，我心里总是惦记霍泉，像惦记一位高寿的亲人。时间充裕的话，我总要去亲近霍泉，尝一口千年不断流的家乡水，然后掬水擦把脸，洗净俗世的尘垢，浇灌干枯的怀抱。——人和水，竟是如此亲密！

东西方的哲人，都以“逝水”解释物质的运动。孔子站在川上曰：“逝者如斯夫。”赫拉克利特说：“人不能同时站在同一条河流。”面对长流不息的泉水河流，我们不仅感受到时间的流逝，而且关注人类的命运。水，生命的基本元素，象征朴素的真理。

古 井

周而兴

“离别家乡岁月多，近来人事半消磨。惟有门前镜湖水，春风不改旧时波。”

——唐代·贺知章《回乡偶书》

年幼时，阅读贺知章《回乡偶书》的诗句，只能略懂诗中思乡的情怀。当离乡已久，日渐思念家乡，偶尔回乡目睹了家乡的变迁，便渐渐地读懂了诗人感叹岁月沧桑、物是人非的更深含义了。

我的老家平潭国彩村，依山傍海，西面重峦叠嶂，东边是广袤的长江澳，银滩碧海，风光旖旎。在这里，我度过了快乐而又青涩的少年时光。

关于家乡，不知道它的年龄，但村里那座古老的祠堂，以及村上几口甘甜的古井告诉我，这是一个历史悠久的村庄。这些古井，圆月形井口，花岗岩铺面，弧圆形围墙。造型简素，没有更多的雕琢，摒弃世相浮华，古朴悠然。站在古井边，触目弥漫的泉水，顿感安然素净。井上幽幽的青苔，默默地见证岁月的更迭，村子的变迁。古井清泉，夏凉冬热。它滋润着我，养育了我，伴随着我的成长。

春天，古井上温泉氤氲，带走了冬天的阴沉寒冷。村民们从井里打水，挑回储存水缸里饮用，或挑到附近的田地浇洒菜地。炎炎夏日，村民白天忙于劳作。夕阳西下，古井立即热闹起来。人们或用井水洗涤海上抓捕回来的海产品，或在井边冲凉擦拭身体，洗去劳动后的疲乏。中秋晚上，石榴飘香，一轮明月挂在古井上空，我与小伙伴乐滋滋地围坐在古井边，期盼看到“月华”带来好运。到了冬天，飘扬的木麻黄枯叶带来丝丝寒意，洒落在古井边。但是，古井里的泉水温热宜人，人们忙着冲洗从田地挖回的地瓜，然后加工晒制地瓜丝或地瓜片。临近春节，古井上热闹非凡，妇女们忙碌着清洗衣物与过年将用的家具物什。由于有远方的家人回来过年，她们显得特别的开心，清脆的谈笑声掺和洗刷声，飘荡在古井的上空。

我刚参加工作时，因为交通不便，很少回乡。在城里看不到古井，有时拧开水龙头，看到汩汩流淌的自来水，不禁地思念起家乡古井的甘泉，心头便涌上一股淡淡的乡愁。而每当回到故乡，饮用井水时，就觉着身心舒服多了。近年来，家乡的交通便利多了，回老家的次数也增多了。但是，在每次匆忙的行程中，觉得家乡慢慢改变了记忆中的样貌。

不久前，我与小学同学平川回到国彩村。

特地探望村上那栋阔别多年，建于明末清初的吴氏祠堂。上小学时，祠堂当作教室与教工宿舍使用。平川同学的母亲曾是村上小学教师，全家短暂居住过祠堂，所以，他对祠堂印象深刻。

我们跨入已经翻新的祠堂，发现石材水泥柱取代了部分原先刻绘精美图案的木材梁柱，大厅显得宽敞明亮。许多老者在大厅里闲聊，或玩着棋牌，昔日琅琅的读书声不再……伫立祠堂前，发现原先祠堂旁边的小溪已近枯竭，祠堂对面的那口古井与麦地也不见踪影，呈现眼前的是电影院与村部办公室场地。

近年来，随着海岛的开发建设，家乡发生了很大变化。新修建的环白青生态观光东线廊道，穿过村边蔚蓝的长江澳海滩。原先供销社门口那条青石铺就的村道，已经变成了水泥路。附近的打铁铺、理发店、粮店早已无存。早年的小诊所，已经搬到村口，扩建成乡镇中心卫生院……家家户户装上了自来水，人们不用再到古井打水饮用。

诚然，随着城镇化建设的推进，老家的村容村貌还会变得更加漂亮，存留的破旧石厝等建筑物也将越来越少。因此，我徜徉村头巷尾，总忍不住择时驻足回望。那默默守护着村落的清幽古井，依然有着原生态的美，让我们这些从喧嚣城市归来的游子，找回乡愁记忆。

我的童年

老　舍

一、父亲

我一点不能自立：是活下去好呢？还是死了好呢？我还不如那么一只小黄绒鸡。它从蛋壳里一钻出来便会在阳光下抖一抖小翅膀，而后在地上与墙角，寻些可以咽下去的小颗粒。我什么也不会，我生我死须完全听着别人的；饿了，我只知啼哭，最具体的办法不过是流泪！我只求一饱，可是母亲没有奶给我吃。她的乳房软软的贴在胸前，没有一点浆汁。怎样呢，我饿呀！母亲和小姐姐只去用个小砂锅热一点浆糊，加上些糕干面，填在我的小红嘴里。

代乳粉与鲜牛乳，在那不大文明的时代还都不时兴；就是容易找到，家中也没有那么多的钱为我花。浆糊的力量只足以消极地使我一时不至断气，它不能教我身上那一层红软的皮儿离开骨头。我连哭都哭不出壮烈的声儿来。

一岁半，我把父亲“剋”死了。

父亲的模样，我说不上来，因为还没到我能记清楚他的模样的时候他就逝世了。这是后话，不用在此多说。我只能说，他是个“面黄无须”的旗兵，因为在我八九岁时，我偶然发现了他出入皇城的那面腰牌，上面烫着“面黄无须”四个大字。

义和团起义的那一年，我还不满两岁，当然无从记得当时的风狂火烈、杀声震天的声势和光景。可是，自从我开始记事，直到老母病逝，我听过多少次她的关于八国联军罪行的含泪追述。对于集合到北京来的各路团民的形象，她述说的不多，因为她，正像当日的一般妇女那样，是不敢轻易走出街门的。她可是深恨，因而也就牢牢记住洋兵的罪行——他们找上门来行凶打抢。母亲的述说，深深印在我的心中，难以磨灭。在我的童年时期，我几乎不需要听什么吞吃孩子的恶魔故事。母亲口中的洋兵是比童话中巨口獠牙的恶魔更为凶暴的。况且，童话只是童话，母亲讲的是千真万确的事实，是直接与我们一家人有关的事实。

我不记得父亲的音容，他是在哪一年与联军巷战时阵亡的。他是每月关三两饷银的护军，任务是保卫皇城。联军攻入了地安门，父亲死在北长街的一家粮店里。

那时候，母亲与姐姐既不敢出门，哥哥刚九岁，我又大部分时间睡在炕上，我们实在无从得到父亲的消息——多少团民、士兵，与无辜的人民就那么失了踪！

多亏舅父家的二哥前来报信。二哥也是旗兵，在皇城内当差。败下阵来，他路过那家粮店，进去找点水喝。那正是热天。店中职工都已逃走，只有我的父亲躺在那里，全身烧肿，已不能说话。他把一双因脚肿而脱下来的布袜子交给了二哥，一语未发。父亲到什么时候才受尽苦痛而身亡，没人晓得。

父亲的武器是老式的，随放随装火药。几杆抬枪列在一处，不少的火药就撒落在地上。洋兵的子弹把火药打燃，而父亲身上又带有火药，于是……

在那大混乱中，二哥自顾不暇，没法儿把半死的姑父背负回来，找车没车，找人没人，连皇上和太后不是都跑了吗？

进了门，二哥放声大哭，把那双袜子交给了我的母亲。许多年后，二哥每提起此事就难过，自谴。可是我们全家都没有责难过他一句。我们恨八国联军！

母亲当时的苦痛与困难，不难想象。城里到处火光冲天，枪炮齐响，有钱的人纷纷逃难，穷苦的人民水断粮绝。父亲是一家之主，他活着，我们全家有点老米吃；他死去，我们须自谋生计。母亲要强，没有因为悲伤而听天由命。她日夜操作，得些微薄的报酬，使儿女们免于死亡。在精神状态上，我是个抑郁寡欢的孩子，因为我刚一懂得点事便知道了愁吃愁喝。这点痛苦并不是什么突出的例子。那年月，有多少儿童被卖出去或因饥寒而夭折了啊！

二、母亲

母亲的娘家是北平德胜门外，土城儿外边，通大钟寺的大路上的一个小村里。村里一共有四五家人家，都姓马。大家都种点不十分肥美的地，但是与我同辈的兄弟们，也有当兵的，作木匠的，作泥水匠的，和当巡警的。他们虽然是农家，却养不起牛马，人手不够的时候，妇女便也须下地做活。

对于姥姥家，我只知道上述的一点。外公外婆是什么样子，我就不知道了。因为他们早已去世。至于更远的族系与家史，就更不晓得了；穷人只能顾眼前的衣食，没有工夫谈论什么过去的光荣；“家谱”这字眼，我在幼年就根本没有听说过。

母亲生在农家，所以勤俭诚实，身体也好。这一点事实却极重要，因为假若我没有这样的一位母亲，我之为我恐怕也就要大大地打个折扣了。

母亲出嫁大概是很早。我有三个哥哥，四个姐姐，但能长大成人的，只有大姐，二姐，三姐，三哥与我。我是“老”儿子。生我的时候，母亲已有四十一岁，大姐二姐已都出了阁。我不知道母亲年轻时是什么样子，但是，从我一记事儿起，直到她去世，我总以为她在二三十岁的时节，必定和我大姐同样俊秀。是，她到了五十岁左右还是那么干净体面，倒仿佛她一点苦也没受过似的。她的身量不高，可是因为举止大方，并显不出矮小。她的脸虽黄黄的，但不论是发着点光，还是暗淡一些，总是非常恬静。有这个脸色，再配上小而端正的鼻子，和很黑很亮、永不乱看的眼珠儿，谁都可以看出她有一股正气，不会有一点坏心眼儿。

母亲除了去参加婚丧大典，不大出门。她喜爱有条有理地在家里干活儿。她能洗能作，还会给孩子剃头，给小媳妇们绞脸——用丝线轻轻地勒去脸上的细毛儿，为是化装后，脸上显着特别光润。可是，赶巧了，父亲正去值班，而衙门放银子，母亲就须亲自去领取。我家离衙门不很远，母亲可还是显出紧张，好像要到海南岛去似的。领了银子，她就手儿在街上兑换了现钱。那时候，山西人开的烟铺，回教人开的蜡烛店，和银号钱庄一样，也兑换银两。母亲是不喜欢算计一两文钱的人，但是这点银子关系着家中的“一月大计”，所以她也既腼腆又坚决地多问几家，希望多换几百钱。有时候，在她问了两家之后，恰好银盘儿落了，她饶白跑了腿，还少换了几百钱。

拿着现钱回到家，她开始发愁。二姐赶紧给她倒上一碗茶——小砂壶沏的茶叶末儿，老放在炉口旁边保暖，茶汁很浓，有时候也有点香味。二姐可不敢说话、怕搅乱了母亲的思路。她轻轻地出去，到门外去数墙垛上的鸡爪图案，详细地记住，以备作母亲制造预算的参考材料。母亲喝了茶，脱了刚才上街穿的袍罩，盘坐在炕上。她抓些铜钱当算盘用，大点儿的代表一吊，小点的代表一百。她先核计该还多少债，口中念念有词，手里掂动着几个铜钱，而后摆在左方。左方摆好，一看右方（过日子的钱）太少，就又轻轻地从左方撤下几个钱，心想：对油盐店多说几句好话，也许可以少还几个。想着想着，她的手心上就出了汗，很快地又把撤下的钱补还原位。不，她不喜欢低三下四地向债主求情；还！还清！剩多剩少，就是一个不剩，也比叫掌柜的大徒弟高声申斥好得多。即使她和我的父亲商议，他——负有保卫皇城重大责任的旗兵，也只会惨笑一下，低声地说：先还债吧！

父亲死了。兄不到十岁，三姐十二三岁，我才一岁半，全仗母亲独力抚养了。父亲的寡姐跟我们一块儿住，她吸鸦片，她喜摸纸牌，她的脾气极坏。为我们的衣食，母亲要给人家洗衣服，缝补或裁缝衣裳。在我的记忆中，她的手终年是鲜红微肿的。白天，她洗衣服，洗一两大绿瓦盆。她做事永远丝毫也不敷衍，就是屠户们送来的黑如铁的布袜，她也给洗得雪白。晚间她与三姐抱着一盏油灯，还要缝补衣服，一直到半夜。她终年没有休息，可是在忙碌中她还把院子屋中收拾得清清爽爽。桌椅都是旧的，柜门的铜活久已残缺不全。可是她的手老使破桌面上没有尘土，残破的铜活发着光。院中，父亲遗留下的几盆石榴与夹竹桃，永远会得到应有的浇灌与爱护，年年夏天开许多花。

哥哥似乎没有同我玩耍过。有时候，他去读书；有时候，他去学徒；有时候，他也去卖花生或樱桃之类的小东西。母亲含着泪把他送走，不到两天，又含着泪接他回来。我不明白这都是什么事，而只觉得与他很生疏。与母亲相依如命的是我与三姐。因此，他们做事，我老在后面跟着。他们浇花，我也张罗着取水；他们扫地，我就撮土……从这里，我学得了爱花爱清洁，守秩序。这些习惯至今还被我保存着。

有客人来，无论手中怎么窘，母亲也要设法弄一点东西去款待。舅父与表哥们往往是自己掏钱买酒肉食，这使她脸上羞得飞红，可是殷勤地给他们温酒作面，又给她一些喜悦。遇上亲友家中有喜丧事，母亲必把大褂洗得干干净净，亲自去贺吊一份礼也许只是两吊小钱。到如今为止我的好客的习性，还未全改，尽管生活是这么清苦，因为自幼儿看惯了的事情是不易改掉的。

姑母常闹脾气。她单在鸡蛋里找骨头。她是我家中的王。直到我入了中学，她才死去，我可是没有看见母亲反抗过。“没受过婆婆的气，还不受大姑子的吗？命当如此！”母亲在非解释一下不足以平服别人的时候，才这样说。是的，命当如此。母亲活到老，穷到老，辛苦到老，全是命当如此。她最会吃亏。给亲友邻居帮忙，她总跑在前面：她会给婴儿洗三——穷朋友们可以因此少花一笔“请姥姥”钱——她会刮痧，她会给孩子们剃头，她会给少妇们绞脸……凡是她能做的，都有求必应。但是吵嘴打架，永远没有她。她宁吃亏，不斗气。当姑母死去的时候，母亲似乎把一世的委屈都哭了出来，一直哭到坟地。不知道哪里来的一位侄子，声称有承继权，母亲便一声不响，教他搬走那些破桌子烂板凳，而且把姑母养的一只肥母鸡也送给他。

可是，母亲并不软弱。父亲死在庚子闹“拳”的那一年。联军入城，挨家搜索财物鸡鸭，我们被搜两次。母亲拉着哥哥与三姐坐在墙根，等着“鬼子”进门，街门是开着的。皇上跑了，丈夫死了，鬼子来了，满是血光火焰，可是母亲不怕，她要在刺刀下，饥荒中，保护着儿女。北平有多少变乱啊，有时候兵变了，街市整条地烧起，火团落在我们院中。有时候内战了，城门紧闭，铺店关门，昼夜响着枪炮。这惊恐，这紧张，再加上一家饮食的筹划，儿女安全的顾虑，岂是一个软弱的老寡妇所能受得起的？可是，在这种时候，母亲的心横起来，她不慌不哭，要从无办法中想出办法来。她的泪会往心中落！这点软而硬的性格，也传给了我。我对一切人与事，都取和平的态度，把吃亏看作当然的。但是，在做人上，我有一定的宗旨与基本的法则，什么事都可将就，而不能超过自己画好的界限。我怕见生人，怕办杂事，怕出头露面；但是到了非我去不可的时候，我便不敢不去，正像我的母亲。从私塾到小学，到中学，我经历过起码有二十位教师吧，其中有给我很大影响的，也有毫无影响的，但是我的真正教师，把性格传给我的，是我的母亲。母亲并不识字，她给我的是生命的教育。

余生多怀念

虫小扁

外公去世三年，我和家人的日常生活中，已经极少提及他了，偶尔会想起他的音容笑貌，仍是深刻，但远没有之前的刻骨铭心。逢年过节仍会在饭桌上给他满上一小杯米酒，道一声“外公吃饭”，也就仅此罢了。

外公还在世的时候，他和外婆的关系并不好，听说从年轻时就积了怨，每次见面他们总是有吵不完的架。逐渐地，外婆年纪大了，有些耳背，很长一段时间里，不管外公跟她说什么，她都“充耳不闻”，我行我素地坚持着自己的想法和意见，大有“不管你说什么，说得再有道理都是我对，都得听我的”的意思，气得外公在客厅跺脚，大声嚷嚷：“这个婆娘就是故意的。”

外婆也觉得无所谓，反正她也听不见。

两人吵吵闹闹了大半辈子，七十岁的时候还闹着去离婚，但总是一到关键时候就“忘了证在哪儿”。

其实外公把结婚证藏得很好，我有幸看过一眼，奖状般大小，没贴照片，名字还是手写上去的，这么多年了，名字也有些糊了，但整体保管得还不错，能看得出持有者的用心。可他嘴上总要不服输地回一句嘴：“去去去，明天就去民政局！”

我们都懒得掺和了——观众也会腻的好吗？

只是有时候吵得太凶，我妈和我姨还是会轮着劝他们“家和万事兴，一人少一句”，但外公总摆出一副“我不管，不吵架人生没意思”

的表情，至于外婆，无论劝什么，她都是听不进的。

外公的病来得很急，去医院的时候精神头还不错，但检查结果一出来，当天就住进了医院，家里人都措手不及。

人总说“老小老小”，意思是人年纪越大，会越活越回去，越像个孩子。

入院之前，外公也会嚷嚷着哪里不舒服，但我们心里都清楚，他大概又缺钱花了，给个三两百他就一副“哎呀，我病好了”的得意劲儿，外婆便又有了跟他争吵的理由。

外婆以为这次也是如此，几个儿女在家讨论外公的后续治疗问题时，她说：“得了，别折腾了，那糟老头子八成又在装病。前两天还中气十足，老虎都能打死，光糊弄你们给他花冤枉钱。”

我妈给她解释病情，外婆一如既往地听不清，自顾自絮叨着，只是事后也不知道听进去多少，会时不时往窗外张望。

我以为，外婆看的那是医院的方向。

从发病到去世，外公只坚持了不到半个月。

外婆先前还在跟他斗气，不愿去看他，又像是在害怕着什么事，直到她真的去医院的那天，外公已然要靠着呼吸机才能维持生命。他虚弱地躺在那里，闭着眼睛。外婆戴着好久不用的助听器，静静地在他床边坐了许久，等外公醒来抬眼看向她的时候，两个人再也吵不出什么了，一眼深藏万语，我隐约听到他张口说了什么，而回家后的外婆眼眶红红的。

我妈说，外公说了一声“谢谢”。不好。

谢什么？谢谢外婆来看他？还是谢谢她给他生了几个儿女，并含辛茹苦地抚养长大？

后来，外公就走了，临了也没给我们留下什么话，我妈说他吊着一口气就是为了看看外婆。

我以为他们的关系并不好。

外婆还是如从前一样，在几个儿女的家里轮流住着。不一样的是，没了吵架的人，她沉默了许多，即便开口，也对她的糟老头子只字不提。

可给外公满的那杯米酒，都是她亲手斟的。

外公的遗物我们大多留给了外婆，我偶尔会看见她翻出那张结婚证书，似有所思地摸摸外公的名字，眼眶红红的。

他们争了一辈子，吵了一辈子，却极少坐下来好好聊聊。

我想，总归有彼此珍视、相互扶持的时候吧？

只是都晚了，仅余下遗憾与想念。

“他的声音，我是想听，也听不见了。”

嫂娘

张岚

"嫂子，我的亲娘啊，你怎么一声不吭就一个人走了呢！"老叔扑通一声，双膝跪在母亲的灵床前，一声呐喊，两行泪水。

一

老叔与生活在深山里的母亲并无任何血缘关系，是母亲嫁给我的父亲后才联系在一起的。

老叔是五爷爷的遗腹子，是曾祖母的亲孙子，也是与祖母相依为命的人，其父牺牲在莱芜战役，作为烈士的遗孤，老叔在曾祖母温暖的怀抱里长大了。曾祖母中风时，老叔刚刚考到县城读中学，每周雷打不动需要带走一周的

煎饼和咸菜；照顾曾祖母、为老叔备饮食便成了一件必须办又极难办的事情

为此，爷爷一筹莫展。“我去照顾俺奶奶吧。”母亲抱着自己刚刚出生不足三个月的儿子轻声说的一句话，如同一个响雷，一下子让全家人震惊了。爷爷咳了两声说：“他嫂子，按理说，你五叔为国牺牲了，是功臣，照顾好烈士的儿子、护理好你奶奶是最要紧的事情。你可要掂量清楚了，咱们现在的生产队，是全大队数一数二的富裕队，每个工能拿到七八角钱；你要去的是每个工是9分钱，是有了名的穷队，那苦日子可是没个头啊。”

“爹，这些俺都想过了。可俺奶奶得有人照顾，刚子（我老叔）每周回来拿饭得有人给他张罗，他上学的事不能耽误啊。”母亲平静地说。

被惊了很久的父亲终于忍不住了：“这可不行。从奶奶住的村子到我工作的大队少说要十里山路，一天一个来回就是二十里。咱奶奶住

的那个地方岭高土稀，吃水要到三里路外的河里挑；我经常开会、值班不在家，刚子在县城读书，那个破破烂烂的院子和透风漏雨的房子就你和奶奶住着，我还不放心呢。再说了，奶奶孙子一大堆，正着数、倒着算怎么也都轮不着咱。”

“都快一个月了，我没听着谁愿意去伺候，总不能让奶奶就这样一个人躺着，时间长了身上还不招蛆？听说刚子回来两次没拿上饭，抹着眼泪走的，这事我琢磨很久了。你忙你的，我保证不扯你的后腿。”母亲是一个极有主见的人，全家谁也没有拗过她。

二

母亲搬到曾祖母和老叔生活的“簸箕掌”的第一天，七十岁的曾祖母下身已经不能动弹了。

照顾曾祖母的头几年，正是人民公社化时期，父亲除了参加大炼钢铁就是兴修水利工程，照顾曾祖母和正在上学的老叔的任务就全落在母亲一个人身上。白天到生产队出工的时候，母亲就用布兜把大哥系在背后，挑担锄地、种苗，母亲样样干得比别人好；中间休息的时候，再飞快地跑回家给曾祖母端水、给曾祖母接屎接尿；晚上没有油灯，母亲总是借着月光纺线、剥花生、洗衣服、纳鞋底；到三里外的河里挑水的时候，母亲总是把大哥系在背上，再挑起百十斤重的水桶过沟越岭回到家。

除了照顾曾祖母，母亲每周要为老叔摊上一包袱煎饼。为了保证老叔的饭食，母亲都是先把剁碎的地瓜干子掺上少许粮食用石磨磨好，然后长久地坐在厨房里的“鏊子前”把一大盆煎饼糊一张张烙成煎饼，之后再一一叠好。这是个费时费力的活，但无论什么时候，母亲从未误了老叔回来带饭。母亲就里里外外一个人忙着，日积月累练就了一项特殊的本领：摊煎饼、纺线时都是一只手抱着孩子、另一只手劳作，从不误事，村里人无不惊奇。甚至有的婆婆责骂儿媳妇的时候，总拿母亲做参照，说：“你看看，人家的妇。”每次回家拿饭，老叔总是对母亲说：“嫂子，您太遭罪了，我不上学了，回家帮您照顾咱奶奶吧。”母亲总是笑笑说：“大兄弟，家里有我，你就安心读书吧。”老叔每次离开时，无论多忙，母亲总是把他送到村头，然后再站到东岭上一直望不到老叔的影子后才回家。

三

三年困难时期，最难的是给老叔备口粮。家家户户喝的稀饭都是能照出人影来的“菜糊涂”，母亲就口省肚挪，顿顿吃糠咽菜，以至于全身浮肿，腿上一摁一个窝，半天回不去。就是在这样的年景下，母亲却能保证让曾祖母一周吃上一个鸡蛋。在吃饭都成了问题的年代，鸡蛋更是稀罕之物。好在，母亲的娘家爷爷是个养蜂高手，即使贫穷的岁月，蜜蜂因花儿照开而正常酿蜜，因为大哥奇瘦，姥姥担心养不活，一个月送三五个鸡蛋、些许蜂蜜，母亲便悉数留给了曾祖母。

曾得过大病的曾祖母竟活过了一百多岁。她时常对我说："岚子，我的命是你妈给的，你老叔是你妈养大的。你妈才是你老叔的娘啊。"曾祖母是在这样持续的唠叨声中无疾而终的。

四

曾祖母的后半生，最挂心的应该是从小失去父母之爱的孙子——老叔她做梦也不会想到，一个和她的孙子毫无血缘关系的女人，竟然给了老叔超越父母的爱。

沂蒙山地薄岭高，粮食产量不高，每年每家分得的棉花纺成线再织成布仅能做两身衣服。除了我的父亲一身外，我们兄妹常年穿着大改小的衣服冬天出来进去，就一身空心的棉衣再无多余替换。哥哥顽皮，棉袄的袖子棉袄的角早就磨破露出了棉花，母亲总是缝了又缝、补了又补，直到参加工作，母亲才给大哥做了一身新衣服。而每年老叔回来的时候，总会有一身新的中山装、两双千层底的布鞋等着他。从没有得到父慈母爱的老叔时时感受到来自这位大嫂的亲情和爱，对大嫂也多了一份特有的亲近。

有一年的夏天，还在上学的老叔竟然突然回来了。母亲忙着张罗好饭后去敲门竟半天没有动静。母亲推开门一看，床前有不少呕吐物，额头更是滚烫。那时几千口人的大队仅两名赤脚医生，放心不下的母亲立即捎信让其中的一名医生来家里诊治。医生来后诊断为胃肠性感冒，为老叔挂起了吊针。当时，父亲也正好在家，母亲便炒了两个小菜让父亲陪医生“喝两盅”。半个多小时后，老叔的呕吐却更加加重，母亲哭着说要赶快送老叔去医院。父亲不停地用眼神制止着母亲，怕伤了医生的面子，母亲却呼天抢地，最终打动了医生，父亲背起了老叔，在母亲的帮助下爬上了拖拉机赶到了镇医院。原来老叔得了重度脑膜炎，赶到医院时已近昏迷，医生说若是再晚来几个小时老叔就会没命了。母亲和父亲一起衣不解带地在医院照顾老叔，直到老叔脱离了危险。之后，老叔含泪说：“嫂子，您不仅救了咱奶奶的命，也救了我的命，您是比娘还亲的人呢。”

家乡的年味

吴美群

浓浓的乡愁伴随着春节的脚步飘然而至，家乡的年味便由此弥漫开来。

家乡的年味是家人团聚的亲情味。我的家乡位于桂西北仫佬山乡，春节是仫佬山乡最大且最为隆重的节日之一。

如果把过年比做一台戏的话，那么年关则是这台戏的序幕。年关把人们的思乡之情搅活了，搅浓了。“每逢佳节倍思亲”，在外面工作的游子们纷纷回家过年。家乡小小的车站顿时热闹了起来，每天归人如潮，熙熙攘攘。于是，乡下涌来了一股色彩缤纷的人流，平添了一种节日的气氛。

年关还是乡下人备年货的黄金时间。这时乡下的集市可热闹啦。整个集市像条大河，乡村四面八方的小路像小溪，一条条小溪从山里流泻而出，汇入这条大河。顿时，集市上人流似涌，声浪翻飞。买足年货，乡人们便各自归家。于是，山道上又是笑声阵阵，久久飘荡在故乡的天空。

家乡人对年夜甚为重视。一大早，人们便忙开了。年夜饭除了少不了猪肉外，还一定要有鱼。因为“年年有余(鱼)”的美好光景是乡下人为之向往、为之奋斗的，于是，就有了年夜里的吉祥菜——鱼。杀完鸡，弄好鱼，煮好饭，一切办妥之后，一家人围着圆桌甜甜美美、津津有味地吃起来。大锅里盛满吉祥，酒杯里盛满富裕，话语中飘满欢乐，屋子里荡满喜气。吃过年夜饭之后，便是守夜。一家人围着火炉，在电视机前观看精彩的电视节目。待到新年的钟声敲响，噼里啪啦的鞭炮声便在寂静的村子里此起彼伏地响起来。元宵节晚上各家还要燃放一次鞭炮，这才算过完年。过年的鞭炮声增加了喜气，家乡的年味变得更浓了。

家乡这个亲情的磁场以其巨大的吸引力吸引住每一个游子的思亲之心。家的方向就是年的方向，父母的期盼就是儿女们的期盼。在家人的团聚中，亲情得到了最为亲密的接触，最为彻底的释放，最为温馨的表达。

家乡的年味还是别具一格的民俗味。家乡的年节活动丰富多彩，有舂糍粑、喝年酒及挑新水等内容。

仫佬山乡素有过年舂糍粑的传统习俗，家乡人一般在大年初三舂糍粑。据说，大年初三在老皇历中属赤口日。所谓赤口，就是我们俗称的吵嘴。在这一天舂糍粑寓意可以用糍粑封嘴，日后不会跟别人吵嘴。这一习俗体现了以和为贵的内涵。

舂糍粑时，先将蒸锅、舂棒、石臼清洗干净，然后将浸泡好的糯米淘洗，倒进簸箕滤水。待糯米滤水干净之后，便放入蒸锅中蒸煮。糯米蒸熟之后，放进事先准备好的石臼中进行舂打。舂糍粑是个力气活，一般由年轻力壮的男子来舂打。舂糍粑也是个技术活，蒸熟的糯米倒入石臼后，要趁热舂打；若让糯米团冷却，就难以将糯米团打黏。另外，舂打时，两人要相对站立，一上一下，要集中对着糯米团进行轮番舂打，只有这样才能将糯米团打黏。糯米团打黏后，两人要合力把糯米团举起，否则，难以将打黏后的糯米团从石臼里拿出来。

女人们捏糍粑时要在盛糍粑的竹具上面涂上一层山茶油，这样捏好的糍粑才不会粘在竹具上，晾干后能够保持糍粑形状的完好，以便于送礼和保存。至于糍粑的大小一般都是捏成碗口大的扁圆形状。

由于这种糯米糍粑是在过年的时候舂的，

家乡人便称之为年糍粑。年糍粑做好之后，邻里乡亲便互相赠送，共同品尝。这一习俗体现了快乐同享的内涵，它生动地诠释了乡亲的深刻含义。

喝年酒是仫佬族人过年的习俗。年初一之后，亲朋好友便开始互相走亲戚喝新年酒。年酒是重阳节酿就之后用坛子装好、盖好藏到地窖里去，待过年喝年酒了，才拿出来招待亲朋好友。那酒芳香诱人，可口舒心，往往才打开酒坛的盖子，人就被酒香给醺醉了。

在年味的记忆中，我觉得家乡过春节最有意义的事，当数一年一度的挑新水。在我们仫佬山乡有这样的习俗：正月初一一大早，大人们便带着小孩到河边挑新水。新水有醒水之意，意在喝了新水之后，小辈们能有清醒的头脑，将来能干大事，光宗耀祖。因此，每到正月初一，家家户户都要挑新水，而且都争着第一个挑，这样更会大吉大利。于是，每到正月初一，天还未亮，村前的小河边便闪亮着一道道手电筒的光，犹如夜幕中的繁星。不用说，那是一大早赶来挑新水的乡亲们。挑新水之前，大人们总要嘱咐自家的小孩在小河边点上一炷香，烧上一把纸钱，以求河神保佑，使自己的头脑灵活，文思泉涌，读书得第一；之后，掬一把清凉的河水喝下，以示醒水；再之后，才由大人们用水桶打水，挑回家去煮汤圆，以示新年有薪水，财源滚滚，万事如意。

南方的糕，北方的面

王　道

南方的糕点不只是美味，外形也都很美，相对来说，北方民间对于食物的外形就不是那么讲究了。

羊年初春的一天，我正在睡午觉，忽然听到敲门声，当时以为是送快递的，讨厌，真会选时候，于是不情愿地起身开门往外一看，没看见人。再低头一看，是邻居，邻家的老太太个头儿矮，声音小，微弱如细雨。她手里抱着一个塑料袋子，里面装着鼓鼓囊囊的东西，是什么呢？她用地道的苏州话说，家里生小孩了，做了点糕。我一下子明白了，顿时激动。

说实话，平时我与邻家并无交际，小区里相互联系的大人也是因为小孩子在一起玩耍的缘故，且我是外地人（原籍非本地），与本地人相较，天生有一种自觉。现在邻家老太太突然上门来送喜礼，无疑是意外的惊喜。我接过礼物，连声致谢并道喜。老太太家子女多多，事业有成，常常传来聚会和麻将的声音，是个有福的老太太。

我急不可待地打开了塑料包，是糖和糕。糖有粽子糖、话梅糖，皆苏州特产。糕亦两种，其颜色鲜亮到不能相信。红糖糕呈咖啡色，颗粒稍粗，但粗而不糙，方方正正，中间压一条吉祥彩带式的红糖糕，形如沙漠里的一条飘带，充满着魔幻色彩白糖糕全为桃红色，透明、细腻、润滑，外观神似包浆，像一块上等的红玉，板板正正，天生一件艺术品。这等尤物，不忍下口。

这是哪家老字号出来的艺术品？

岳母是苏州人，说这种糕都是请人到家里来现做的。这是苏州人家的规矩，家有喜事，提前约了师傅，一做就是几百斤亲朋邻居分分就没有了。岳母说刚做出来的比这还要漂亮，一大片白糖，都是这种粉红颜色。我能想象，灿若桃花，一片天香。苏州人就是图个这样的喜气。

苏州人的喜气也是雅致的，从视觉到味觉，从味觉到感觉。

人在食物面前，是经不住诱惑的。

两种糕，即刻上笼。不久便传来满屋的清香，味似芳草、花瓣。端出来，两种糕的颜色更是鲜亮，是鲜活的亮色，好像是有什么东西复活了。氤氲升腾中，糕的内里正在发生着极其微小的变化，肉眼看不见，但你就是能感觉到它在变化，不容置疑。

待糕稍凉，先夹起来一块红糖糕，沙、糯、温软、适意，乍暖还寒的初春，像是受到了恰如其分的关怀，甜度适当，软硬适中。再来一块白糖糕，色若粉瓣，有玉兰、海棠、桃花淡淡的幽香，缓缓而来。细腻如线状流水，浸润在唇舌间，流经喉咙像一股清泉，漫不经心地流淌着。你不知道它的终点，但你从来不担心它有没有终点。江南到底是水做的，连固体的食物都能吃出小桥流水的意境。

我眼前浮现出了矮小但慈祥无比的老奶奶，她的生命又添加了鲜亮的色彩，四代同堂，天伦之乐。寻常人家的日子可以有着无限的梦想，仅仅是因为一两种食物，生活的氛围便多了几许亮色和希望。

于是，我想到了小时候的食物，久违的几种食物。

先说洋槐花。吾乡盛产槐树，其木质硬度高，可以制作家具农具，叶子可以喂养牛、羊、兔子，洋槐花还可食用。

洋槐花开花在春尾，延续到盛夏。花色有

粉紫，有雪白。吾乡洋槐花以雪白为主。开花的时候，葱绿的树冠，一簇的雪白，形如分堆倒悬的雪花，芳香扑鼻，越是天热，越是芳香，过敏者可能会有点受不了。但蜜蜂喜欢，成群结队地拥来，一簇一簇采过去，满载而归。但超市里卖的槐树花蜜多不正经，芳香不对，味道不对，反不如直接食用槐树花来得实惠。

槐树分为洋槐、本槐，我怀疑洋槐树也是外来品种，因其名称带个“洋”字，如洋火、洋油、洋车等称呼。洋槐树花可食，这来自农人经验。吾乡有句俗话：经验大于学问。

说实话，我们家吃洋槐树花，不是因为它味美，是因为家里食物贫乏。荤菜隔几天才吃一次，素菜嘛，菠菜、青菜、韭菜、大白菜各有季节（那时候农人吃菜是严格按照季节走的）不能满足口腹之欲。于是，人们的食材开始从地上转向了树上，香椿树、洋槐树、楮树等，皆有可食的美味。

每到洋槐树花盛开的时候，村里手快的早早备好了竹竿上面绑了镰刀或是钩子，对准一簇花的柄处，一使劲就是一嘟噜下来了，有时连叶子一起拉下来。人吃花，羊吃叶。

各家各户皆有洋槐树花，但大家还是喜欢去占公家的便宜，大队里的、学校里的“公树”，就成了众矢之的，常常被钩得七零八落。

花瓣弄回来，母亲就忙活开了。农家树没有什么污染，井水冲洗下即可加工。摘去杂叶，看看有没有虫子，分成小串拌上了面粉（有条件的打上俩鸡蛋），上笼蒸。面粉颜色见熟即可出笼，槐树花略微变色，呈淡黄色。上调料，蒜泥、麻油、青椒丁、盐、味精等，调匀了，拌着吃或是蘸着吃，裹在薄面粉里的槐树花，芳香依旧，更有一种诱人的食欲之香。“风软景和煦，异香馥林塘。”有时候，食物烹饪的过程，即是材质的芬芳从淡到浓的过程。

洋槐树花还有一种食法，将花瓣撸下来，

冲洗，然后伴在面粉里烙饼，面香裹挟着花香，花香伴着面香，相辅相成，锦上添花。

日头当午的时候，徐徐清风，荫下凉意，我最喜欢躲在洋槐树下闲坐、听相声、发呆、什么都不想，就看看洋槐树的花和叶足以丰富。那时候不知道什么叫“魏晋清风”，现在回想一下懵懂时期的我曾体验过。

再说一件冬季的食物——红薯叶子。此物原为食物的副产品。红薯分本薯和洋薯，本薯可以制作淀粉和粉丝，我们家每年都会制作，因为红薯过剩，连喂猪都来不及。洋薯则适合做粥做花馒头，以及做馒头时在上面按一块上去，像是漫长的无聊生活里的一个点缀，一个小希望。

家家户户都会栽红薯，先要育种，垒一个类似温床的台子里面放上牛粪、麦秸、细土什么的，把品相好、没有伤疤的红薯均匀摆放进去，蒙上塑料薄膜，讲究的还会插上一根温度计，时刻检查温度情况，时不时地浇点水。红薯秧子会渐渐长大，一簇一簇的，旺盛得像是发了疯。

一把把拔出来，像插秧似的插进土里，浇水。它们会继续疯长，到处攀爬，长的足有十几米，因此中间要控制它，要剪掉一些多余的枝条，拿回去喂猪。到了初冬，收获了红薯，就会剩下很多的红薯秧子。一下子收获了这么多，怎么办？为了丰富家庭食谱，主妇们就想到了此物。挑选上好的红薯秧子，甩到院子里的树杈上，不去管它。

过了很多天，北风烈了，大雪下了，茫茫大地连一个青苗都不见了，主妇突然就想到了树上的此物。几团红薯秧子。雪覆盖着它，麻雀偶尔驻足，它们静静地等待着，等待着在腐朽之前实现自己价值的那一天。

或许也只有冬闲的时候，主妇们才会有时间弄点小吃。这个小吃就是红薯叶子烩豆面条。

把已经干枯透的红薯秧子从树上挑下来，摘掉形如深色破布头的叶子，一片片放进水里，奇迹出现了，它们开始舒展开来展现出本来的宽阔和厚实，只是它们的颜色仍是枯色，但叶脉清晰，一道道，像是细细的山脉。

豆面条并非全黄豆面，需要与小麦面按比例搭配，具体可按口味调配。豆面条擀出来会是淡灰色，面条上像是有些大大小小的斑点，卖相不太好看，但闻起来有一股暗香。

面条切出来如小拇指宽，薄厚不一，连同撒出去的面粉一起下锅，汤浓面香。再把浸泡透的红薯叶子沥水，下锅。枯叶的薯香混合着豆香、麦香，叶茎与面粉的混搭，虽色彩暗淡，但暗香更浓。在冬季里的农家厨房的土灶上，散发着淳朴的风味偶然经过的人，无须吸鼻子便知是豆面条下红薯叶子。

把赤红的朝天椒切碎了，放在油锅里炸，炸到由红变黑在即将变焦的一刻起锅，浇在豆面里，一搅和，这碗面就成了。面看上去粗粗的，但吃起来并不会觉得糙，甚至还觉得滑溜红薯叶子嚼在嘴里，有点类似茶树菇，但味儿更醇厚更老道，像是在吃一个过程，一个从碧绿嫩叶到深褐枯叶的过程。它经历了孕育、成长、风雨、雪霜，直到在去世前再次验证了它的存在感，豆类的蛋白质、小麦的淀粉、红薯秧子微甜的未知元素，构成了一道不起眼的农家小吃。

吃完后，立即发汗，肠胃舒服，全身通畅。直到喝茶的时候还能回味出混合之后的面汤香。

已经很多年没有吃到这碗面了，走南闯北这么多年，也没有见过有哪个地方会做这碗面。由此可见，所谓特产，即是某个地方独创的特有的物产，虽然并无秘方可言，但在其他地方就是没有这种做法。

卢梭在《爱弥儿》里说："如果我想尝一尝远在天边的一份菜，我将像阿皮希乌斯那样自己走到天边去尝，而不叫人把那份菜拿到我这里来，因为，即使拿来的是最好吃的菜，也总是要缺少一种调料的，这种调料，我们是不能够把它同菜一起端来的，而且也是任何一个厨师没有办法调配的。这种调料就是出产那种菜的地方风味。”

很多时候地方风味与食材有关，但也与其他人物有关。我最难忘的还有一道菜——雪菜肉丝。在我最艰难的时候，只拿着几百元的基本工资，难以应付基本的租房、吃饭。在租住地附近有家小吃点，称不上店，一位老太每天烧上三四个菜配上盒饭卖。此地靠近江边，有不少民工来往。我每天晚上下班回来，总要买一份雪菜肉丝加一盒饭，一块五毛钱（我至今都在怀疑是老太故意照顾我）。买回去，坐在不到十平方米的简易民房里，踏踏实实地狼吞虎咽。腌制后的雪里蕻，配上粗细不一的肉丁，酱油上色，米饭稍硬，嚼起来更香。混合在一起食用，一粒不剩。

吃饭，其实应该还原到最基本的需求。

印象中再也没有吃到那么好吃的雪菜肉丝了，盒饭的价格也是水涨船高，一块五的价格恍惚已是前朝旧事。

如今，我一吃雪菜肉丝就塞牙，要么是雪菜塞牙，要么是肉丝塞牙，要么是两者一起塞牙，后来索性就避而不吃了。

老北京茶事

赵 珩

近四十年来，北京的社会结构与生活方式都发生了翻天覆地的变化，且不言大的方面，就是生活的细枝末节，也充分反映了时代的更替，好尚的变迁。

以喝茶为例，如今讲究的是乌龙系列，也就是半发酵茶。像福建的大红袍、铁罗汉、安溪铁观音，广东的凤凰单丛，台湾的冻顶乌龙、东方美人等。前些年又炒热了云南的普洱，弄得市易天价。就连中国人原来不太喝的全发酵茶，如滇红、正山小种等，也是一时追逐的时尚。其实早在四十年前，江浙人最喜欢的还是洞庭碧螺春和西湖龙井，安徽人喜欢的是黄山毛峰、六安瓜片，而对北方人来说，最钟情的莫过于花茶了。

如今的花茶都被统一称为“花茶”或“茉莉花茶”，但在半个多世纪前的北京，尚无这样的称谓。那时如果去茶庄买茶只说是“花茶”，伙计会对你发愣。你要说出是买“香片”“大方”还是“珠兰”才行。

花茶的历史不算太久。虽然在宋代就有用龙脑香熏制的茶，作为贡品送到宫中，但在民间饮用并不普遍。这种用龙脑香熏出来的茶是可以使用“熏”字的，但后来有了系统、规范的花茶制作工艺，就不好再用这个“熏”字，而应该用正确的“窨”（也读 xūn）字了。现在许多地方把花茶的“窨制”写成“熏制”，实际是错误的。到了明代，花茶就比较普遍了，顾元庆的《茶谱》中就记录了当时使用茉莉、木樨、玫瑰、蔷薇、栀子、兰蕙、木香等窨制绿茶的工艺，对取花用量、窨次、烘焙等也有详尽的记载。

北京人普遍喜爱喝花茶大抵是清代咸丰以来的事。彼时不但有福建闽侯（福州）窨制的花茶进京，后来还在北京开设了许多茶作坊，前店后厂，窨制各种花茶。原来福建花茶进京城是走海运，先到天津，再转运到北京。后来逐渐发展为福建的原茶到北京窨制，节约了成本，也免得在途中变质。北京较早的茶庄有景春号、富春号、吴肇祥、吴裕泰等，很久以后才有了福建人林子丹在前门外开的庆林春（1927 年）。虽然东家不一定都是福建人，但花茶却都是来自福建的。

说到庆林春，想起一位老朋友，他就是北京人艺的老演员林连昆。他塑造的《天下第一楼》的堂头常贵、《狗儿爷涅槃》中的狗儿爷，都给人留下了深刻的印象。我和他最后一次吃饭是在龙潭湖的京华食苑，他特地打电话来说已经请北京烹饪协会的李士靖安排了老北京菜，要请我去吃饭，说明只请了我一人，另找了演员秦焰作陪。记得那天李士靖特地为我们做了驴蹄儿烧饼，做得很地道，是久违的北京特色了。林连昆原籍福建，庆林春的东家就是他的祖上。他给我讲了许多庆林春的旧事，对福建花茶如何进京开买卖道其甚详。可惜就在嗣后三天，他的夫人就来电话说林连昆患了半身不遂。

最早开设的老茶庄是西华门的景春号，不但销售市面，还供应宫中。后来景春号关了门，京城最好的茶庄还有朝阳门里的富春号和鼓楼大街的吴肇祥。从民国初年到 20 世纪 30 年代，吴肇祥在北京的名声远大于吴裕泰，号称“茶叶吴”。吴家是安徽歙县人，协和医院著名的妇科肿瘤专家、接替林巧稚任妇产科主任的吴葆桢教授（京剧演员杜近芳的丈夫）就是“茶叶吴”的后人。

至于现存的张一元和元长厚，都是开设于庚子事变（1900 年）之后的，要是比起天津人开的正兴德，就要算是小弟弟了。正兴德最早开在天津，原名正兴号，清乾隆时期就开业了，咸丰时改名正兴德，历史可算悠久。

老北京的茶叶铺都会挂着各色各样的招幌和牌子，上写着“明前”“雨前”“毛峰”“瓜片”“毛尖”“银毫”“茉莉”“珠兰”之类，看似品种的名称，却有不同的寓意。“明前”和“雨前”是指茶叶采摘的时间。南方采茶早，“明前”就是采于清明之前，“雨前”就是采于谷雨之前。“毛峰”和“瓜片”则是说品种了，“毛峰”是黄山毛峰，“瓜片”是六安瓜片，都属于绿茶类。“毛尖”和“银毫”指的是茶叶所取的部位，与炒制和窨制无涉。而“茉莉”“珠兰”就是采用不同花色的窨制方法了。老北京茶叶铺销量最大的当数花茶，其次绿茶，乌龙、普洱、红茶又次之。察哈尔（冀北张家口）人在京开的茶叶铺多卖沱茶或砖茶，专供内蒙古拉骆驼的人来京采购，带回草原做奶茶喝。

当时北京的茶叶铺因花茶的销量大，为了竞争门市，各家都有独特的窨制方法和不同档次。仅茉莉花窨的就有小叶双窨、茉莉大方、茉莉毛尖、茉莉银毫等十多个品种。为了适应下层劳动阶级，还有茉莉高末（实际就是制作过程中的碎茶，但也用同样的茉莉花窨制），十分实惠。茉莉大方也叫花大方，是安徽的出产，虽属茉莉花窨，但与茉莉香片又有所不同。至于珠兰花茶，是用米兰窨出的，香味儿较浓，但没有香片的清芬，北京人喝珠兰的不多。那时人还没进茶叶铺，只从门口一过，就会闻到各种花儿的香气，加上茶的清香，真能让人舌底生津，身轻体爽。五六十年代我家住在东四，为了图近便，总是在隆福寺街东口的德一茶庄买茶。那是一栋黄颜色的两层楼，却只有一间门脸，柜台很高，架子上摆满了大大小小的锡筒或铁皮筒，满屋子都是茉莉花香。

那时虽有论斤称的，但多是论包卖的。一

小包有多重？没人去打听，反正正好沏一壶。那时北京人喝花茶多是用茶壶沏，很少像现在这样用茶杯泡的，只有喝龙井、碧螺春才用杯子泡。用壶沏的茶多是作为茶卤，要是酽了就兑些水。一般人家一天就沏一壶茶，喝时兑上滚开的水。讲究些的上下午各沏一壶，也就够了。不过来了客人总是要新沏上一壶茶的。北京人买茶不会一次买很多，总认为放在家里会跑味儿，不如放在茶叶铺里能保持香味儿。所以一般一次只买十包，即够沏十次的量，最多也就买上二十包而已。茶叶铺里的伙计包包儿是一绝。你要是买十包，他会给你将十小包茶码放成下大上小的宝塔形，然后用绳子勒住。动作麻利迅速，绝对不会散包，你就放心拎着走吧。那时看着茶叶铺的伙计包茶叶真是在欣赏一门艺术。

北京人喝花茶讲究的是杀口耐泡，尤其是吃得油腻了或刚吃过涮羊肉，新沏上一壶酽酽的、烫烫的茉莉花茶，真是一种享受。用茶壶沏茶比较节约，茶卤兑开水又可以浓淡由人，不像泡在杯里，一旦忘了喝，茶就凉了。过去京津两地的京剧演员有饮场的习惯。就是正在演出中，跟包的会走上台去，递上个紫砂小茶壶，于是这位角儿就会背过身对着壶嘴饮上一口。其实，这壶里的茶也多是用茶卤兑出来的。该饮场的时候，跟包的会将不凉不热的茶送上，如果是事先沏好的，只要兑点开水就行了。

在家中喝茶与在茶馆喝茶则完全是两回事，甚至连味儿都不一样，同样的茉莉大方，在茶馆里就又是一个味儿。我小的时候只是去过公园里的茶座，却没有去过茶馆。一个半大的孩子，人家也不会接待。当时北京较好的公园茶座首推中山公园的来今雨轩，彼时还在中山公园的东侧。那里留下了几乎所有中国近现代重要人物的足迹。其次是北海五龙亭（后来移至北岸仿膳的大席棚里）和双虹榭的茶座、太庙后河沿儿的茶座、什刹海荷花市场的茶座、颐和园鱼藻轩和谐趣园的茶座等。每处都有不同的景致，每处都有最合适的季节。只是现在大都没有了。唯独颐和园石舫的西面还有个小楼，登楼喝茶远眺还能找到些往日的情怀。我喜欢江南，尤其是苏州、扬州等地，还能找到园林里的茶座坐坐。

北京的老茶馆是旧日的一道风景线，老舍先生以此为依托创作了三幕话剧《茶馆》是不无道理的。不过像老裕泰那样规模宏大的茶馆毕竟不多，这种茶馆多在后门（地安门）桥至鼓楼一带。北城的旗人多，一早坐茶馆的习惯更盛，那里集中了北京最好的茶馆，后门外的杏花天就是此类中的佼佼者。此外，比较高档的还有前门外观音寺的青云阁、宣武门外的胜友轩、隆福寺街的如是轩等。据说有西安市场时，那里的茶馆最多。

我小时候对茶馆当然是没兴趣的，但对茶馆里说书的却颇为向往。远处的没去过，但离我家最近的那家，却在茶馆门口听过不少回“蹭儿”。当时东四牌楼东路南的永安堂药铺旁边有家茶馆，名字已经记不起来了，但是闭上眼睛还能想出当时的样子。这家茶馆一直开到60年代初，可能是北京最晚关张的几家老茶馆之一。那时每天晚上都有评书，好像赵英颇、陈荣启、李鑫荃等人都在那里说过评书。每次说书的内容都会事先写在红漆的水牌子上，大约一个月轮换一次。我不喜欢神怪书，只喜欢历史演义和公案的评书，用行话说就是“长枪袍带书”和“小八件公案书”。记得听过陈荣启的《列国》和李鑫荃的《包公案》，当然都是倚着人家茶馆的门框“听蹭儿”，好在人家也并不驱赶。说书的一块醒木、一条手帕、一把扇子就是全部道具。每当这时，茶馆里就会人满为患。

家里与外面喝茶的不同还在于烧水的燃料。一般家里的水是用煤火烧的，而当时外面茶座的水多是用柴火烧的，这两种不同燃料烧出的水还就是不一样。柴火烧的水沏茶更有味道，尤其是沏花茶，似乎更好喝。有次我在泰山上喝茶，好像就在中天门附近。茶是当地农民卖的，用柴火点火，茶虽很差，但沏出来却很香，有点烟火气。用它沏清茶可能不好，但沏茉莉花茶却很不错。

现在的茉莉花茶总觉得不如从前，大抵只能泡上两泡，第三泡茶就几乎不能喝了，变得索然无味。有次外出开会，在火车的车厢里沏了杯茉莉花茶。因为房间小，所以香气弥漫着整个包厢。同屋的有个南方人，自称是中国最权威的香料学家，他立刻对我说："你这茉莉花茶不要再喝了，现在的茉莉花茶都是用茉莉香精熏的，不是过去传统的用鲜茉莉花窨的。"

不过，多少年喝惯了花茶，就是好这一口，恐怕是改不了了。可惜别人送我那么多上好的乌龙系列，都是转手就送人了。爱喝花茶的毛病总是被雅人嘲笑，任他去吧。

川菜应该如何传承下去

蓝　勇

在全球化的世界大格局下，外来菜系的影响越来越大，我们现在就面临一个对传统川菜的保护问题，这种保护既有对传统川菜菜品特征的保护，也有对传统川菜体现的地域文化的提炼与传承。对于前者而言，大的前提是川菜是中国乃至世界上的一个内陆平民菜系，这个特征是不能放弃的。对于后者而言，饮食文化虽然相对于政治、军事、经济、文化等大事来说，是区区小事，但这种小事往往体现了一个地区的地域文化特征。

传统川菜由于食材内陆性和味型的多元，

往往性价比最高，显现了极高的平民化程度，使川菜深入民间，植根深厚。但也因此容易受外来饮食文化的干扰而产生变化，而且这种变化往往以“创新”的话语出现，这在一定程度上影响传统川菜特征的传承和保护。

如果我们将川菜技艺申请为国家非物质文化遗产，就存在一个申请对象问题。前面我们谈到广义的川菜包括古典川菜、传统川菜和新派川菜三大类，我们的申请是以哪一类为主呢？如果是指古典川菜，这种川菜已经不流行，许多技艺已经失传，我们也不知如何去恢复它。如果是指传统川菜，将一个正在流行得如火如荼的菜系申请为非物质文化遗产来保护，犹如我们将仍在频繁使用的汽车申请报废一样，也不符合文化遗产濒临灭绝的基本条件。所以，我们对传统川菜的保护，应该是在实际流行过程中去注意保护传统的技艺，而不是作为一种遗产来申请而命名传承人来保护。因为如果申请为非物质文化遗产，谁是传承人呢？可能是广大的川菜厨师和广大民间的家庭主妇们。

不过，我们应该承认传统川菜面临巨大的挑战，这是不得不承认的险局。传统川菜面临怎样的问题呢？一是外来饮食菜系的冲击和影响，一是现代生活观念和节奏对传统川菜的影响。提出抢救传统川菜绝非危言耸听，因为我们现在吃的大多数川菜已经不是传统川菜的味道了。

前者一是指西餐对中餐的影响，一是受中国其他菜系的影响。应该看到，改革开放以来的几十年时间里，新派川菜层出不穷，但往往都是昙花一现、成功保留下来成为流行家常菜的菜品相当少。其最重要的原因是新派川菜只注重在摆盘造型、花样名字上下功夫，而放弃了川菜“麻、辣、鲜、香、复合、重油”的八字特征，生硬地将西餐及其他菜系的烹饪方法、味型、食材、成菜方式融入川菜，而不是立足传统川菜的基本特征来创新，所以，失去了存在的生命力。在某种程度上讲，巴蜀江湖菜的风风火火正是深得川菜的八字特征，创新但永不放弃“麻、辣、鲜、香、复合、重油”这个本性。我们经常见到中高档川菜席上的新菜品往往好看不好吃，好吃的又往往失去了川菜的风格，成了放在任何菜系中都可以存在的菜品。而在中低档川菜中，年轻厨师们对川菜的根脉不能掌握，如大量使用湘菜的生辣剁椒、猛放小米辣，使菜的鲜香完全被生辣所压住。又如放弃川菜用油增香减辣的绝妙，过多用水淀、焯来烹制菜品。传统川菜往往用咸鲜略甜为基础复合味型，以豆瓣酱的复合味为基础调料，但现在许多厨师为了显现自己的高明往往不用豆瓣酱，反而将并不绿色的食材的味道的负面口感更张扬出来。甜是中古时期川菜的显著特征，所以，川菜的传统菜品都是要用糖来减燥增加复合和回味的，如我们的回锅肉、鱼香肉丝、水煮肉片、宫保肉丁中都要用糖增加回甜，但现在中低档川菜厨师并没有认识到糖在川菜中的重要性，将川菜搞成鲁菜的大咸与湘菜的直辣结合，大大削弱了川菜的复合回味的魅力。传统川菜中，因为肉类食材的肉质较为紧凑，所以往往要勾芡粉来增加肉质的鲜嫩，但现在一方面快速饲养的肉类在质感上完全不能与传统饲养的肉类相比，而我们的厨师还大量使用工业的嫩肉粉，使本来就没有口感的肉类更完全吃不出来肉的感觉。要知道，肉类的味觉感受很大部分是通过牙齿舌头的咀嚼来感受美味的口感的，若滥用嫩肉粉，川菜的许多菜品的口感味觉便会大大削弱。

现代社会由于生活水平提高，“三高”成为威胁人们健康的大敌，这给以猪肉为主要荤料而烹饪重油的川菜系带来的冲击是可以想见的。面对这种冲击，许多川菜厨师都主动适应这种社会潮流，在菜品烹饪上做出新的改进。如大量将以重油炝炒的小菜改为“焯”“浞”来保持菜的鲜脆，同时大大减少烹饪过程中的用油。或将回锅肉的二刀坐臀改为三线肉，减少肉质的油腻程度。传统川菜是中国四大菜系中唯一一个内陆菜系，主要以猪肉为主荤料，江河海鲜所占比例相对较少。虽然早在清末民国时期海鲜即大量进入巴蜀地区，道光年间佚名《筵款丰馐依样调鼎新录》、同光年间的《四季菜谱摘录》和清末《成都通览》中就有大量海参、鱼肚、鱿鱼、鱼翅等海产品，但当时这些菜品基本上是在上层社会中食用。改革开放以来，一般平民百姓逐渐也能食用海鲜。海鲜进入后一方面经过了入乡随俗的川菜化，同时也侵夺了传统川菜主料——猪肉的空间。应该看到，许多引进和改良都是正确的，也是合理的。但是，这种改良也多少会对传统川菜产生一些负面影响，比如有许多蔬菜从“炒”改用“焯”以后，蔬菜的香嫩会受到较大的影响，特别是一些苦涩类蔬菜的影响更为明显。将回锅肉主料从二刀坐臀改为三线肉后，往往不能较长地熬锅，只有烩的过程，已经没有传统回锅肉称为熬锅肉的感觉，再加上饲料猪的肉质大大下降，回锅肉的香味便不能较好体现出来。传统川菜味型众多，但大多数是不断复合产生的新味型，味型的边界并不清晰，现在一方面本土川菜受外来菜系的影响明显，一方面川菜走出去受外来菜系的影响也发生变化，使川菜的味型产生许多变异。如糖醋、荔枝、鱼香本是三种不同的味型，但现在放在许多厨师手里往往烹饪成同一种糖醋味型。

以上种种原因，使我们在市场上品尝到的川菜乱象纷呈，一方面中高档餐饮中新派菜品不断涌现，但已经既不传统，也不川味了，不仅缺乏传承的生命力，而且现实经营中也口碑不佳，影响经营。而中低档餐馆中受其他菜系的影响，不川不湘不鲁不粤，传统川菜烹饪方法的“麻、辣、鲜、香、复合、重油”基本特征在大多数厨师眼里只有“麻、辣、鲜、香”四字，已经没有“复合、重油”的特征，使传统川菜独立性大大削弱，使川菜在外人的眼中就是“麻”“辣”二字，这对川菜的影响力和生命力不利。为了纠正外界对川菜的误读，我们总爱出来说川菜辣菜仅占很少的比例，大部分是不辣的。问题是这部分不辣的川菜特征何在？

现代川菜烹饪界都知道盐帮菜作为川菜的一个亚菜系，近些年的影响不断扩大，在川菜中的地位越来越高，生命力极强。有的人认为这种现象主要是盐帮菜重麻重辣的原因。其实谈到这里我们要回到《华阳国志》记载蜀人“好辛香”上，中国古代的香料主要是“三香”，即前文我们谈到的“花椒”“姜”“茱萸”。历史上“蜀姜”的影响并不在蜀椒之下，民国时期就有人感叹道：“蜀多产姜，其人不撤姜食，湘人不常食也……盖姜之为蜀中名产也久矣。”盐帮菜的一个最大特征是善于用姜、长于用姜。一般菜品中都少不了姜丝、姜片，这实际是传统的根脉所在。其实，就整个包括盐帮菜的小河帮来看，除了用姜以外，小炒小煎是其长处，也是传统川菜的特征。小河帮的小炒小煎往往用油重而长于用红油，豆瓣酱的使用较为得体，所以泸县的玉蟾肚头、自贡的火爆三绝和仔姜牛肉丝都深得川菜的根本。为何川南的小河帮深得川菜的根本呢？这还得回到笔者以前研究过的“老四川”概念问题，即今泸州、宜宾、自贡、乐山一带和川南明末清初受战乱的影响相对较小，清代“湖广填四川”中外来移民的比例相对较小，唐宋土著保存相对较多，故保持唐宋中古时期的巴蜀文化更多更明显。自然，老四川地区在饮食文化上同样是保留以前川菜食蜀姜、重辛辣、重油的传统更多。

因此，传统川菜的保护，不在于申请非物质文化遗产，而在于在餐饮实践中不断向年轻厨师们讲授怎样传承传统川菜的八字特征来创新的观念，将经典原汁原味地传承下去。

异地，同乡

海　宁

午后，接学校通知，女儿要临时在校封闭一段时间，需家长在下午6点～6点半将她的住宿用品送过去。时间紧促，我脑子里一边过滤孩子住校所需的各种物品，一边着手准备。

被褥枕头、床单被罩等“大宗物品”，叠好装入大号整理袋；数套换洗衣物，以及各种洗漱用具、卫生用品，分别打包了两个整理袋和一个拉杆箱；还有常用药品和酒精湿巾……纠结片刻后，又装了一箱牛奶和些许零食。

五点半左右，借来小区物业的小推车，我将4件体积都不算小而且也真不轻的行李，推出小区外不远处的出租车等候区。有位司机师傅远远看到我，便下车迎了过来。

他大约四十多岁的年纪，肤色微黑。我正想着如何请他在学校附近停车后，帮我将行李送到几十米外的校门口，我愿意多付一点费用——为防拥堵，学校门口不让停车。可还未开口，司机师傅便问："这是要去高铁站吗？"

竟是我熟悉的家乡口音！我不禁心头一喜，脱口而出一句乡音："师傅，咱俩是老乡啊。"

他愣了一下，立刻反应过来："我老家在日照五莲县，你是……"我说出家乡地名，他笑起来："可不是么，咱们老家是邻县，挨一块儿。"

师傅逐一将4件行李妥当放好，熟练地开车上路，我们也自然而然地闲聊起来。

师傅说，他从老家出来已经快20年了，一直开出租，分别待过3个城市了。

我们用乡音唠着，仿佛相识已久。用师傅的话说，这些年他碰到同乡乘客的概率很低，统共也没有几个。而他，更是我在异乡18年来，碰到的第一个同乡出租车司机。巧的是，这一次我确需帮助，简直是要用“运气”二字才解释得通了。

车到学校不远的路口停下后，没等我开口，师傅便主动拿起两件大的行李，帮我一起送到了校门口的等候区，并拒绝我多付费用。他说：“咱俩可是同乡啊。”

同乡——多亲切的词汇啊！而这个词，也是在我少时离家去青岛求学时，才开始有感觉的。

其实说起来，青岛和我的家乡在同一个省份，虽然相隔300公里，但严格说也不能算异乡。只是青岛沿海，班里有个男生每次开口，都习惯说“你们内陆……”

我们寝室住着7个女生，分别来自德州、潍坊、淄博、日照和临沂，而我和我的上铺，是同一个县城“铁磁”的同乡，关系一下就近了许多。后来熟了，发现那一层楼竟有我们十几个同乡。而且，几乎来自每一个地市的同学，都能找到自己的同乡。于是，大家一起时都讲普通话，而跟自己同乡聊天便用家乡话，语言不停转换却极其自然。同乡代表着一种没有道理和缘由的亲近，异乡异地，同样的口音会让人本能地相互靠近。

后来，我离开了山东，那种对同乡的亲近感也越发深切了。有一次我出差去南方，在高铁上碰到一个年轻的乘务员，发车后开始整理行李架。在整理到我座位上方时，他一边抬着手臂熟练工作，一边对着耳机轻轻讲电话。声音很轻，但我还是听到了几句——那是我如此熟悉的乡音。他应该是在和父母通话，低声地叮嘱他们好好吃饭，别不“ga shi”花钱。那两个发音，在我家乡是“舍得”的意思。

我顿时心头一暖，抬头看他，年轻的面容在口罩之下，只露出一对清亮亮的眸子，干净、温和。那一瞬间，忽想起崔颢那两句诗：“停船暂借问，或恐是同乡”。

或恐是同乡，真是一句触动人心的诗句。

江阴的腔调

陶　青

早年有同学到江阴来白相（吴方言，玩耍之意），临了对我说，你们江阴啥都好，就有一样，兵气太重了。说话做事大大咧咧的，像是北方城市。原来，同学在江阴的大街小巷转悠时，总听到江阴人一会儿“叨则”“叨样”的，一会儿又是“吃叨啦”“做叨啦”的，恍惚间像到了青面兽杨志的故乡——乡亲们都在卖刀。又见江阴人邂逅打招呼，不管男女老幼，一律以“biao（入声）将”相称，言语间满是亲热和欢喜。同学很诧异：济南满城叫老师，因为孔子是山东人。难道，江阴人都是将军出身吗？

自然不是，但却与将军有关。江阴扼江控海、形势险要，向为兵家必争。数千年的烽火鼙鼓，江阴城的空气中因此弥漫着浓烈的硝烟味儿，硝烟味儿飘进眼鼻喉腔，江阴城里的方言便变得硬呛起来。江阴城里话与东乡、南乡、西乡话有着明显的不同，它的发音多用入声，短促而急迫，如天空中忽然落下一地的冰雹，噼里啪啦、掷地有声，让人油然忆起磅礴的盛唐气象。民间有句俗话说，“宁与苏州人吵架，不与江阴人讲话”，多少可说明一点江阴城里话的特色。江阴城里话透着阳刚、饱含矫健，绝对迥异于传统的吴侬软语。当然，也不似北方话那样粗犷雄健，但却是一律的高亢昂扬、“石拍（pa，入声）铁硬”。同学是北方人，初到江阴，他说自己虽然听不懂这种语言，但却觉得很亲切，有一种似曾相识的熟悉感。

之所以感到熟悉，说白了，就是因为这种江南土话的面子下，裹着北方话鲜活的里子。

确实，江阴城里的方言虽与本地其他方言一样，属于吴语的范畴；但事实上，江阴城里南语北音，邑人一开口，浓郁的北方腔便扑面而来，不但音调、语法等与北方话似曾相识，许多词汇更像从北方不翼飞来，经岁月淬炼，最后在江阴城落地生根，开放出绚烂多姿的方言“芙蓉花”。

类似的例子不胜枚举。譬如，我们日日要念叨的人称代词，在江阴城里人说来，既不同于苏州话的“伲、倷、俚”，也有别于上海话的“我、侬、伊”，他们说的是“我、你、他”，与北方话并无二致。脚上穿的鞋子，江阴城里话念作 hai（阳平）子、伟大首都北京，城里人读作 bo（去声）京，这些都是江淮官话的发音。还有，把脏乱叫作“邋遢”、称呼孩子捉迷藏为“躲猫猫”，等等；更为不可思议的是，江阴城里话中竟也有儿化音，比如把吃饭用的筷子呼作“筷儿”等，所有这些，无不印证了江阴城里话中鲜明的北方话的痕迹。

何以如此的呢？这就不得不提到这座城市与众不同的铁血特质了。由于滨江锁航的独特的地理环境，自诞生之日起，江阴城就与战争结下了不解之缘。无论吴越争霸、还是宋金鏖兵，江阴城都是硝烟弥漫的前沿阵地。这种刀光剑影的战争氛围，造就了江阴人豪迈仗义的个性特征、塑造出了这座江南小城雄健刚烈的精神气质，也给这里的方言土语带来了锥心刺骨的深刻影响，这影响尤以乙酉年的抗清为甚。孤城碧血八十一天，全城百姓同心死义。随即，大量北人南迁。南迁的北人在激活这座城市血脉的同时，也给凋敝的江阴城带来了新的言辞和造句。这些新的北音北调一经落籍，便与江阴四乡八邻的土著吴语交汇融合，江阴城里的话语因此凤凰涅槃，在血与火的洗礼中呈现出全新的风骨，重获新生。

听完约略的介绍，同学啧啧称奇，说，怪

不得江阴人“biao（入声）将”长、“biao（入声）将”短的，果然蛮霸。我说，“婊将”这词的产生，应该与乙酉年的抗清有关。想当年，清兵在江阴城遭遇顽强抵抗，丢盔卸甲、损失惨重，他们恼恨异常，于是屠城，还觉余恨未悄，便将恶咒“婊子养的”加诸全体江阴人的身上。谁知江阴人气高性傲，在北音北韵的影响下，将其吞音处理成一个风骨铮铮且意蕴深远的新词：“婊将”（把“婊子养的”吞音读成“婊将”，体现的恰恰就是江阴人性格中的强悍和大气，还有就是，幽默自信）。这词的发音脱胎于北方官话，但声调却与之相异：一读入声、一为阴平，两字并肩比邻，发声时重音在前，呈完全爆破状态，后音随之接踵，阴平转为入声；两字连读，似金属相击、短促有力，唇舌翕动之间，雄霸之气，沛然而生矣。“婊将”这词的使用场合非常广，尤其在见面打招呼或在谈论不在场的第三者时，使用频率更高，当然，有时当面指称对方时也用：小的称“细婊将”、老的称“老婊将”、男的是“婊将”、女的也是“婊将”。老友故交街头偶遇，一拍肩膀：“婊将，长远覅看见勒么，死哪里扣个拉?”，言者满心喜悦、听者浑身舒坦。

还有一个常用词：“浮（fei，阳平）尸”，也不能不提。这原本也是个带有贬损色彩的词语，用以指斥令人愤慨的人和事，后贬抑之意渐渐淡去，衍化成一个形象化的人称代词。比如，几位闺蜜拉家常，谈到自己的老公时，往往会埋怨几句：“我家（ga，阴平）过（gou，那）个浮尸啊”，如何如何，说者嗓门虽大，语气却大多是温和、甚或亲昵的。与“婊将”一样，我们也不知晓“浮尸”这词产生的前因后果，可能也与江阴的环境有关吧？旧时长江水运环境恶劣、条件艰苦，船毁人亡的事情常有发生；而那些可怜者一旦命丧长江，尸首随波逐流，浮至江阴江面时，因江面曲折紧束，这些浮物便大多聚集到了江阴黄山脚下一个叫鹅鼻嘴的江段里。天长日久，江阴人看得多了，便催生出了“浮尸”这个感叹词，用以浇灌心中的块垒。

忽然想起刘半农来了。半农是地地道道的城里人，一个喝“翻跟斗水”长大的江阴城里西横街人，早年以创作鸳鸯蝴蝶派小说闻名，在十里洋场扯响了江阴的腔调。1917 年，这位敦实的江阴后生勇闯京华，与蔡元培、陈独秀、胡适、鲁迅等人一起，操着蓝青官话，发檄文、演“双簧”、创立新式标点、发明女性的“她”、用江阴方言写诗，以笔为枪，向文学旧营垒发起了猛烈的进攻，激昂的江阴腔调响彻古都上空。李小峰也然。小峰是江阴青阳人，那时在北大求学。在鲁迅等先生的帮助下，他组社团、搞出版，风风火火、朝气蓬勃，为新文化运动摇旗擂鼓。遥忆那些峥嵘岁月，半农、小峰北京相遇，他们一定会热络地以家乡话谈天说地，而且，一时聊得兴起，半农大哥很可能就会拍拍小峰老弟的肩膀，欢喜地夸赞一声：“婊将”。北京大学的校园和北新书局的店堂里，就不时会响起“落魂”“结棍”“和调”“恶讼（cong 阳平）师”“揎（qiao 阴平）拳捋（le 去声）臂”等江阴话的余音。江阴腔调就这样挤挤挨挨、热热闹闹，在这场空前绝后的新文化运动中，发出了来自千年古邑的属于自己的声音。

当然不止这些。江阴腔调不仅仅局限在城里话中。明末的缪昌期、李应升、徐霞客，清代的杨名时、蒋春霖、金武祥、缪荃孙等，他们有的满口东乡音、有的说着南乡话、有的开的则是西乡腔，当然，也有的是城里人。虽然他们各自说着自己的母语，发音各异，但是我想，当缪昌期、李应升操着东乡话怒斥阉党余孽，金武祥、缪荃孙说着西乡话校勘孤籍善本；尤值一提的是，当奇人霞客以江阴南乡话探幽凌险、杖藜天下时，彼时彼刻，你会发现，所有的江阴方言不分东西、无论城乡，汇成了一曲独具风采的江阴腔调的大合唱。这合唱有时像灵动的小溪、有时又像雄浑的大河，有时像夜莺啼唱、有时又像黄钟雷鸣。清越的江阴腔调翻过千山万水、穿透周秦汉唐，似呐喊、如歌唱，久久回荡在万古云水之间，响彻在我们每个江阴人的心灵深处，直到海枯石烂、地老天荒。

哦，我可爱的江阴腔调啊！

渐失语境的乡音

王继颖

晚上，朋友微信问我，能否用乡音诵读自己的代表作。我找出一篇还算满意的散文，笨拙地张开嘴。岔路一条条，说了三十多年普通话的我，像个离家多年的游子，一时不知哪条路连着纯正的乡音。

我回复，如果不急，周末回老家找找感觉，再读吧。朋友说太麻烦，不能读没关系。眼泪忽然就涌出来，一颗颗接二连三从我脸颊滑落。

一夜乡音缭绕的梦。早晨，家里那人笑看着我的肿眼泡，说："有时间带你回村转转。"也只能是转转了，村里的旧居，已十几年不怎么回去。我的乡音，渐渐失去熟悉的语境，再难找回瞬间被激活的密码。

乡音语境里牙牙学语，我没记住。记忆中被乡音包围的第一幕，在改革开放即将开始时。坑边树下，铃声召齐了生产队里清苦的乡亲。队长点父母乡邻的大名，点名声、应答声此起彼落，三四岁的我混在人群里，听一个名字，看一眼应答的人。会议是关于劳动和收成的。开完会，人群并不马上散去，大人们聊东聊西。有人问我父母姐弟的名字，我熟练答出；再指几个大人问我名字，我也一一脱口说出。“这闺女忒聪明，赶明儿长大了，准有出息。”这一幕中的乡音，无论粗细高低，都沉甸甸的，仿佛秋收时地里垂着头的金黄谷穗，刚刨出的花生秧下坠着的饱满花生。沉甸甸的感觉，源自乡音的腔调。无论阴平阳平的字，都慢腔慢调，往上声去声里拐，要强调的重音，拖得很长。

学龄前，我吐出的声音，一直沉甸甸的，

漾着成熟谷穗和花生的气息。进入小学，老师教我们认字读文，阴平阳平，上声去声，分得清。我在教室内读课文，原来很多沉甸甸的字变得轻盈，像生出翅膀般从我口里飞出，在浅空翱翔。高年级的学生趴在窗外听到，用纯正的乡音在村里传话，说我学习好，读课文声音正。母亲听到，兴奋地寄予我希望，有朝一日圆她未能圆的读书梦。

母亲幼时，是新中国成立之初，家里穷，弟妹多，劳动力少，十岁才上小学，只读了三年书，十三岁就辍学充当起壮劳力。“上学时，我在班里个子最高，学习最好，当班长……上不了学，每天忙完地里的活，我就翻翻课本，自己学。肖秋子没领到课本，他家托人找我来要，第一次来我没给，第二次来才把课本从我怀里拿走，我当时放声大哭……冬天，二荣不想上学了，说是太冷，没棉裤穿。我换下自己的棉裤就给她送去了。”饭桌边，母亲用乡音和上小学的我讲起这些细节，眼泪止不住地落进她面前的碗里。

课上，由四声分明地读课文，到四声分明地回答老师提问，我渐渐学会另一种口音——普通话。但只要一出教室，我依然如我母亲，满口纯正的乡音。这种状况，延续到初中毕业，我以优异的成绩考入定州师范前。

乡音沉甸甸的赞誉声，送我离开家乡。三百里外的定州，我和来自保定各县市的同学，为交流方便，羞涩地敛藏起各自的乡音，由自我介绍到日常交流，尝试着操起略显生硬的普通话。我在家乡之外的校园度过第一个思念的中秋，国庆放假，坐火车倒汽车历经几小时，又步行十几分钟踏进熟悉的村口。

“回来了！”迎面走来一个乡亲，一声纯正的乡音，惹得我热泪盈眶。

“回来了……”我用乡音应答过，向着自家院落走。

迎着一声又一声热情招呼的乡音，我一次次用乡音应答，那条熟悉的路，走得温暖又朦胧。离开一月，再次踏进自家院门，我用乡音高喊一声“妈”，母亲快步从屋里迎出。在母亲沉甸甸的乡音里，涌动了一路的泪，扑簌簌坠落……

开学放假，离家回家，在学校说越来越纯熟的普通话，回村里操沉甸甸慢悠悠的乡音。我的乡音，仍然纯正如秋天的谷穗花生，尽管乡音的语境已失了纯粹。改革开放后，村里人种了几年包产到户的地，以家庭为单位的箱包生产业悄然兴起，很快有了燎原之势，成为故乡小镇的主要副业。有些家庭为扩大生产，雇用了河南、山东等地的工人。各种腔调的外乡口音，混入村庄的腔调里。

师范生活结束，我在故乡几十里外的小城工作，定居。做了教师，肩负着传承的责任，普通话讲得更标准。有不相识的老乡，在小城其他行业，与我言谈，竟辨不出我是故乡人。母亲要求我，回村子，必须讲村里话。于是，只要我踏进村口，就能让乡音从口中拐出来，就像我闭着眼都能从公共汽车站拐回村子拐进家门。

箱包生意越做越火，曾经清贫的故乡人越来越富裕。我家扩了宅基地，盖了新房子，买了新家具，家电置办一新……及至我女儿十来岁时，父母和弟弟一家搬进镇上的崭新楼房里。村里的房屋，租给外乡生意人。富起来的至亲邻里，陆续搬到比村子更繁华的镇上和城里。生意需要，弟弟弟妹学会说普通话，连父母都受了影响，能说出几句混着乡音的普通话。在优越教育环境里长大的侄子侄女，讲的几乎是标准的普通话。倥偬间，我家搬离村子，已经十几年。我回村子的机会，越来越少。村里镇里，不断地旧貌换新颜，回村子的路，我已感觉生疏难辨。印象中的村里人，面容和名字，于我，越来越难以辨清。乡音的语境渐失。再回娘家，和父母亲人对话，我的乡音，渐渐含糊，再难找回纯正的乡音。我的女儿，本科毕业于西南财经大学，又成了南京大学的在读研究生，口里讲的，只有纯粹的普通话。我弟妹和我是小学初中的同学，她侄女侄子和我俩一样，在故乡读完小学初中，侄女毕业于南开大学，在天津做教育工作，侄子毕业于中国石油大学，在杭州一家进入世界五百强的公司做中层管理。姐弟俩回家，讲的也是标准普通话。

只上过三年小学的母亲，几十年前做梦也不会想到，如今她不仅能熟练地运用智能手机，随时与亲朋好友语音联系，还能坐上自家汽车和高铁飞机，到北京、北戴河、青岛、平遥、乔家大院、五台山、九华山、海南等许多地方游玩。我和女儿带她逛南京，七十岁的母亲向当地人问路，几句轻盈的普通话从她口中展翅飞出，几乎褪尽了沉滞的乡音。

那个早晨，被乡音缭绕一夜的我，肿着眼泡，张开口，慢腔慢调地，诵读自己的散文。无论阴平阳平，我都努力朝着上声去声，拐下去，拐下去。沉甸甸的声音，生硬而羞怯地，在我雅净的书房，弥散开去。满室书香，氤氲着秋天谷穗和花生的气息。

读着读着，我就微笑了。伴随着一些失去的东西，我和女儿都如母亲希望的那样，圆了她不能圆的读书成才梦；从乡村土路出发的村里人，也顺着各自的心意，走过柳暗花明，走向豁然开朗。

《品读家乡》简介

现代社会的快速流动使“在他乡”成为生存常态，人们习惯于离乡背井，奔赴一个又一个崭新又陌生的生存空间，情感世界中那些熟悉的地理与心理，顺理成章地被纳入“地球村”的范畴。故乡故土有序世界的不断突围，不仅意味着具体的实践空间的拓展，更意味着情感价值的深化与积淀。乡愁、乡情、乡音、乡味等等对乡土的深沉眷恋，使走出乡土的个体在社会互动、身份认同、价值取向等发生裂变的同时，也展现出寻根的坚韧性，因而不仅具有人文审美的价值，更具有哲学、伦理学、社会学、生态学等多方面的理论价值。《品读家乡》正是从游子怀乡的视角，对“乡土”所作出的种种观照，从中析解出现代人怀乡的心路历程。

《品读家乡》由半月谈杂志社、新华出版社联合出版。

《品读家乡》编辑部诚向全国征集稿件，欢迎广大作者加盟，踊跃投稿，作品一经采用，即付稿酬。

联系方式：

微信：PDJX15901047763

邮箱：pindujiaxiang@qq.com

热线：15901047763